U0052501

Seba · 蝴蝶

Seba・蝴蝶

蝴蝶館 71

# 翠樓吟

Seba 蝴蝶 ◎ 著

# 目次

翠樓吟
來來核桃
茶
馮記餛飩
餃子
李記 烤栗子

囂鬧，吵雜，還有人中氣十足官腔官調的狐假虎威。

「四奶奶！」小婢隔著門喊，「有歹人行竊，官爺要上來看一看……」

「嗯。」冷淡的聲音，幾乎被喧譁蓋過去。

官差很不耐煩。不過是個民間書肆，也蓋什麼閨望樓……四奶奶是什麼寶貝蛋兒？這麼一層鏈子一層鎖的，開個門也老半天。

好不容易開了門，他趁機瞅了瞅默立在樓梯角兒捧著燈的四奶奶……大失所望。還以為是啥國色天香……結果一般般。倒是還挺有眼色，沒有胡亂呼喊，只是默默的站在邊角兒，靜靜的垂首隨便他們搜。

幹官差這行，順些孝敬是應該的……只是這個又鎖又鏈的閨望樓，除了一排排的書和床，首飾匣只有幾根木釵，連丁點值錢東西都沒有，真是快讓他們這些兄弟勃然大怒了。

還是管家又打躬又作揖，暗暗塞了銀子，才讓官差面色稍霽，就是有些嫌少，故意找碴，「這麼大窗，歹人一定是從這兒出入！」他一腳踏上屋瓦，卻滑了下去，還是兄弟們眼明手快抓住他，掙半天才爬上來。

那瓦，竟是打磨得油光水滑，蒼蠅留不住腳的。

他咒罵了幾聲，搜不出個子丑寅卯，管家又暗暗添了些孝敬，才讓官差心滿意足，走人了。

小婢上來賠笑臉，「四奶奶，驚擾了。只是官府大如天……這就讓人來擦洗……」

「免了。」她淡淡的，「二更都過了，折騰下去就天亮了。」

小婢福了福，下了樓梯，門又上鎖上鏈。

她才暗暗的舒口氣，走到案邊，將燈擱下。蜷伏在角落的黑衣人靜聽了一會兒，才低聲說，「謝謝。」

「你們官府內鬥，不要帶累我們小老百姓。」她依舊淡默。

黑衣人目光銳利起來，卻見這位四奶奶淡默的起爐烹茶，對被翻得亂七八糟的一切視若無睹。

「說不定我是賊人呢。」黑衣人終於開口。

「哈。」四奶奶譏諷的笑了一聲，「喝個茶吧。等那群人遠了你再走，省得帶累我。誰都不容易，別相害。」

奇怪的婦人。以為她會嚇得發抖驚叫，但她瞧見了人，只是驚訝了一下，一聲不響，冷靜得異乎尋常。甚至指了指牆角，匆匆綰髮捧燈，恰恰的遮住他。

他遲疑的走向桌案，接過一杯茶暖手，卻沒有喝，只是用眼角打量。

蠢蠢的。她漠然的想。真是賊人，衝過來就架刀子恐嚇了，哪會遲疑。有本事上這閨望樓沒摔死，除了些微血腥沒有其他臭味……只有官家人才有這等講究。

只是個普通的婦人，非常普通。他暗暗納罕。沒有武功，手裡的茶也就是茶，沒有其他味道。

應該說，這屋子除了皂角的味道，連一絲香氣都沒有。連茶都不是什麼好茶……還混著茶梗子。

他知道這起了三層樓的書肆在京城也頗有名氣，是玉料許家的產業。想來是許家四奶奶……但許家偌大家產，為什麼會有個四奶奶形同監禁關在書肆上的閨望樓，過得如此貧寒？

「你是不是在想，我有什麼毛病才被關在這？」四奶奶似笑非笑的問。

他低頭喝茶，掩飾眼中的驚駭。

「其實也不是什麼祕密。」她淡淡的，「四爺休了我，我不太開心，上吊了。但非常開心的四爺出了大門，卻一跤跌在門檻上。上吊的沒死，跌了一跤的卻死了。現在許徐兩家還在扯皮，到底是休離還是寡居，扯了兩年還沒完……只好把我安置在這裡。」

婦人遇到這種事，不是應該天崩地裂嗎？為什麼她能夠帶著幾分嘲謔，像是在說其他人的事？

但她不再說話，只是撐著頤出神，唇角帶著一絲微笑。像是在這裡，卻又不在這裡。

昏黃的燈，恬靜的婦人，珠簾被風撩輕響……他也恍惚起來，怎麼都想不起來的過去，一點點吉光片羽的閃亮。

但也只是一瞬間，他立刻凝神，有些懊惱的。這是怎麼了？

「我想睡了。」四奶奶熄了炭火，懶洋洋的趕人，「官爺，您怎麼來就怎麼去吧。

瓦很滑，當心別摔死。」

他有些啞口無言的看著那個大剌剌的婦人真的就往床上躺去，放下床帳。

深吸一口氣，還好。得了點時間調息，內傷沒那麼糟了。天知道爬上來完全是迫不得已的掙命，現在應該可以不摔死的離開這個閨望樓了。

他還是慎重的對床帳作了個揖，悄無聲息的像抹陰影飛躍了滑倒蒼蠅的屋瓦，掠過樹梢，消失在夜色中。

原來兩年了。

她坐在窗台，很沒規矩的甩了鞋襪，看著遙遠熱鬧的市集，眼力很好的她甚至可以看清行人的臉。

挽起來的珠簾輕輕發出如鈴微響。

兩年了啊，若不是少有的與人交談，她還真沒想到日月匆匆，就這麼過去了。

眼前的景色應該很熟悉，但卻透著陌生。反而是夢裡的記憶，異常鮮豔……明明是黃粱一夢。

應死而未死的一夢。

人哪，就是貪。她自嘲的想。做夢的時候，嚇得要死，萬般恐懼和不習慣，總是想著回來。可好了，醒了。但她又懷念夢裡的一切，又想著回去那邊……

明明就是栩栩如生的一場大夢罷了，即使橫跨幾十年。

醒來不過離她上吊一刻鐘，她卻覺得蒼老了，心很蒼老。

一整個白痴啊，為了一個破爛貨上吊。人又不是她挑的，嫁過來更沒對她一日好。被休了應該高興大放鞭炮，上什麼吊啊笨蛋。

娘家和婆家撕破臉大鬧，她只覺得無力。不知道是時機太巧還是太不巧，剛好她嫁妝裡的一個荒山，被發現有玉脈，還是足以上貢的上等玉脈。

原本都不想要她的娘家和婆家，突然一起主張她的「歸屬權」。其實她很願意放棄，隨便他們怎麼分，但是娘家和婆家都想全要……

婆家要她回去守寡，娘家要她回去當姑婆。她連不要的權力都沒有。鬧到最後的結果，她落了一個終生監禁的下場，婆家娘家各輪流探勘玉脈一年。

無聊。真無聊。諸般繁華，似水流年，其實只是大夢一場。能夠重振家聲又怎麼樣？得到更多財富，又怎麼樣？

不過是一場場的成住壞空。

但在大燕朝，一個寡婦兼下堂婦的女人，根本沒人在意她的意見。娘家和婆家互相猜忌，害怕對方把她弄死，也怕她捲起包袱跟人跑了……跑了比死了還慘，金山銀山都落到不相干的人手裡。

所以把她關在這個閨望樓，讓她插翅難飛。原本還派人貼身嚴格看管呢，是她受不了，發了一場火，作勢要往窗外跳，才讓他們消停了。

隨便你們吧，不要煩我。讓我靜靜的、好好的追憶那場黃粱一夢，那個自由到寡廉鮮恥、色彩異常鮮明的夢。

曾經拚命想回來，現在又巴不得馬上回去的夢。

就這麼渾渾噩噩的，望著遙遠囂鬧的市集，夢與現實交疊的，過了兩年。

豬也是有豬的幸福嘛。她不無嘲諷的想。最少無風無雨，豐衣足食。反正也沒什麼能讓她驚奇了……悶了雕雕木釵、看看書，一天也就過了。

再說她能去哪裡？

可惜，真的，可惜。跟男人一樣自由的黃粱一夢，沒好好到處走走。

真希望再做次黃粱一夢……怎麼可能呢？說不定只是神仙的惡作劇，懲罰她輕忽生命的結果。

伸了個懶腰，她打了個呵欠。

罷了。一切都是幻夢一場。眼前倒還舒心，什麼煩擾都沒有，也不錯……

但命運總是很愛開玩笑。

呵欠打到一半，蹭的一聲，一個血人滾進她的樓裡，血跡斑斑，滴滴答答的從窗台到地板。

等看清楚了臉，她只想起一句話……

救人不如救蟲。

救蟲兩忘江湖中，老死不相往來。救人一命，只會被死巴著不放，帶來更多麻煩。

「……官爺！」她從牙縫擠出字來，咬牙切齒。

昨夜還乾乾淨淨的臉孔，現在已經滿是血污和灰塵，「徐二姑娘，我是暗衛，叫名默，李名默。」

暗衛？宮中暗衛?!徐二娘臉孔刷的慘白，「……我什麼都沒聽到。」

名默心底苦笑，若不是在如此曖昧不明，敵我難分的狀態下，他也不想拖累一個婦道人家。「這是……非常重要的東西。」他吃力的掏出一個油紙包裹，「請代李某保管。」

媽的！

她聲音轉厲，「我什麼都沒看到。」

名默苦笑更深。他也知道不靠譜，但已經沒有辦法了。「我去把追兵引開……除了我以外，別交給任何人……會引來殺身之禍。」

……我百分之九十九點九九九會被滅口了，何止殺身之禍?!

但沒等她拒絕，這位高貴的官爺又潑灑著血珠飛出小樓了。

不定時炸彈的油紙包裹，和無法解釋的半室血跡。

她開始考慮，要不要乾脆再上吊一次，省得零零碎碎受苦……誰知道會零碎到什麼程度，說不定會很復古的執行所謂的「剮」。

雖然最後她打消了上吊的念頭，也把地板窗台的血跡擦乾淨了。但來送洗澡水的婆子望著半水桶的血水發愣。

「沒見過人洗月布？」四奶奶瞪人了，「偶爾血崩一次不行？」

好在只引來一個庸醫，其他什麼都沒被發現，總算有個緩刑，而不是斬立決了。

徐二娘的心情相當糟糕。

她都這麼認命了，乖乖的接受被關到死的命運……為什麼她這個倒楣的小老百姓會遇到這種事情……

果然天上掉下來的永遠只有鳥屎，絕對不是什麼好的。

她一點點都不想跟官府有任何瓜葛……何況是比愛咬人的官府更吃人的皇室。

媽的，就算是個暗衛官爺，事態更險惡更淒慘了。

此時的大燕是太平的，皇帝稱號是恆寧。可百姓提到這個至高無上的皇帝，只能罵天洩恨，「乾打雷不下雨」。

是啊，雷霆雨露皆是君恩，可惜這位號稱「恆寧」的皇帝，只會打雷不下雨。國事一團糟，家事更是亂麻兼殃及無辜，跟自家皇子們鬥個雞犬不寧。

暗衛，就是直屬這個昏君的鷹犬。

一思及此，她就頭大如斗，更沒那膽子去拆看油紙包裹是什麼，連背後到底是啥糾葛都不敢去想。

什麼叫煎熬？這才叫做煎熬！不到七天，她就瘦得下巴都尖了，睡都睡不穩，老做被千刀萬剮的惡夢。

第七天，她瞪著若無其事，大白天就跳到窗台上的官爺，恨不得將他瞪出幾個大洞。

就說了，最可怕的不是結果，而是過程。總算是個有個頭了，只是沒想到又要再死一次……上吊一次，病死一次，這次恐怕是身首異處……

不就是傻了一回嗎？為什麼要嘗遍各種死，天理何在啊?!

「二娘子，」名默很平靜的說，「謝妳代為保管。」

我有答應要保管嗎?!徐二娘很想翻桌，可惜她是個手無縛雞之力的女人。

沉著臉，她跳下窗台，名默以為她會翻箱倒櫃，卻沒想到她在窗台下摸索著，扯下不知道用什麼東西糊黏住的油紙包裹，往窗台一放一推。

他的眼力向來不錯，雖不得已，卻託付了可以託付的聰明人。

雖然她很生氣，非常不樂意，還是把東西藏得很好。但是看到他開始拆油紙包裹，臉色立刻慘白，掩著臉孔，「我什麼都沒看到！」

不知道為什麼，長年沒什麼表情的名默，卻很想笑。

「二娘子，我只是想讓妳安個心。」他語氣依舊平靜，拆開的油紙包裹，只有一疊白紙。

徐二娘定定的看著那疊白紙，睜大眼睛，「李代桃僵？」

果然是聰明人，一眼就看穿了。

但她卻蹲在窗台上，眼都不眨的看著他，微微皺著眉。「官爺……你在你們那兒……是不是混得不怎麼樣？」

……實在太聰明。聰明到……都有點為她惋惜。為什麼是個萬般不自由的女兒身？只能關在這個樓裡慢慢腐朽。

「是。」名默承認，「我不太機靈。」

不太機靈能幹暗衛？徐二娘深深懷疑起來。看起來，跟她年紀差不多吧……二十出頭。個子不算太高，體格也不算很壯實，臉孔看起來就是個清秀的……呆書生。

這是個幹情報員的料……滿京城這種清秀呆書生大把的，現在他穿著書生袍，扔進那群書呆子裡都分不出誰是誰。

但卻是個能輕鬆上閨望樓的暗衛……這本事該有多大啊?!

閨望樓呢，滿京城也沒幾棟，還是徐家最鼎盛時蓋起來的。炫富炫到女兒來，真正的「千金」。

千金當然得千金養啊，商家小姐還是得拘性子，要知書達禮、大門不出二門不邁。但又怕小姐悶壞了，所以蓋樓可以起居臨望，可又不能讓外人隨便窺看，更怕有什麼採花賊，所以真是設計得異常巧妙，瓦片雖然不能踰矩，但絕對能滑倒蒼蠅摔死蜻蜓。

這個暗衛官爺卻如履平地的走過來，還不被任何人發現。

「你功夫，是很好的吧？」覺得應該不會身首異處的徐二娘，心情好多了，好到能好奇了。

但名默卻有些不知所措。真沒見過這麼大膽的婦人。「……還行。」

看她依舊皺眉，他想了想。民間觀感對他們這些皇家鷹犬沒有什麼好的，暗衛也的確幹了不少髒活兒。但頭兒很堅持盡量不擾民，寧可對皇帝陽奉陰違。

其實這回真的是出格兒了。當時所有人連他自己都以為自己手上的就是正本，實在被逼急了，不得不拖這個會發善心又毫無瓜葛的徐二娘子下水。

誰知道是明修棧道，暗渡陳倉呢？

但這些事情不能說。

徐二娘為什麼問他功夫好不好？啊，難道是……

「外地不敢說，京城能上妳這樓的，約六個。兩個落在我們那兒……」他含糊了一下，「另外四個……身分上也不會來爬妳這樓。」

……誰沒事會來爬寡婦兼下堂婦的樓啊？她若長得傾國傾城還有幾分道理……她真長得傾國傾城人見人愛花見花開，最少還能當個擺設，不至於淪落到比燒火丫頭還不如，最後被休上吊的下場。

不過她還是聽出點東西，很感興趣的問，「另一個能上這樓的……武功比你如何？」

「我比他強。」名默淡淡的。

徐二娘啞然片刻，「……原來是這種不機靈。做事滿分，做人零蛋。」

奇怪，為什麼今天老想笑？名默輕咳一聲，強把笑聲嚥下去。「走過生死大關，真能開竅？」

「你調查我？」徐二娘本來有點不滿，卻很快就不在乎的揮揮手，「算了。難為你被當個餌，逃命之餘還打聽我的事。也是了，這麼重要的東西……最少那時候你覺得很重要。」

真奇怪，為什麼跟個百姓娘子說得上話……明明他不怎麼跟人說話，連救過他的頭兒也只聽不說。

他知道同袍都說他孤僻，有的還會覺得他瞧不起人。其實他只是覺得，沒什麼話好說，盡是些廢話。

或許是因為徐二娘都能講在點子上，跟聰明人講話特別省心。

玉簾輕響，恬靜的婦人，淡淡的金光。夕陽映在她臉上……他恍惚了一下。好像要想起什麼了……

但還是什麼都沒想起。

「傷口疼？」徐二娘歪著臉看他。

名默搖頭。遲疑了一會兒，「我七歲前的記憶都沒了。但看到妳……好像記起一些什麼。」

徐二娘變色繼而憤怒了。

「你敢喊一聲娘，我立刻把你從這兒踹下去！」

再也忍不住了。為什麼她的思路可以跳得那麼遠而且荒唐？

噗嗤一聲，這個終年沒有表情也少有話語的暗衛，終於笑了出來。

這莫名其妙的官爺，笑了半天，遞給她一個粽葉包。說是謝禮，就一揖飛走了。

還是溫熱的，編得很巧妙，都有點捨不得拆。拆開來一看，傻眼，居然是幾個整整齊齊的小餃子。淡綠而透，隱隱約約可以看到五顏六色的餡料。

有毒嗎？

考慮了一會兒，她搖搖頭。何必這麼費工，這麼有本領的官爺，只要拽她一把，就是個現成的墜樓意外或自殺，人證物證一概俱無。

「有點像翡翠蝦餃。」她吃了一個，笑瞇了眼，「可惜裡頭沒蝦。」

但還是色香味俱全，讓她很心滿意足。

這官爺倒是把她打探得很仔細，也滿能揣摩人心的。她在閨中當小姐的時候，就喜歡吃點新奇的點心，但份量又不能多。她總覺得就是嘗個味道，意猶未盡，才有餘地、能回味。比起「四奶奶」，她還更願意人家喊她「徐二娘」或「二娘子」。

這禮看起來很輕，但的確送到讓人貼心。粽葉包解開了，扔進烹茶的炭爐裡毀屍滅跡，也不會引起任何注意和麻煩。

奇怪了，這官爺應該是機靈的，卻因為不機靈混不開。

搞不懂。

但這個意外能這麼收場，也算很不錯了。萍水相逢，兩忘江湖。能繼續豬一樣的安穩生涯，反正還有一場橫亙幾十年的大夢可以回憶。

她繼續凝望著遙遠的繁華，神遊在夢裡的點點滴滴，喜怒哀樂。

可惜，老天爺向來不眷顧她，連想閒散的當頭豬都不可為。

一個半月後，坐在窗台上的她，瞪著霸占窗台另一角的官爺，卻僵著不敢動。雖然八幅裙蓋著，她光著腳丫子。

官爺朝她點點頭，她只想把官爺踹下樓。

名默表面鎮靜，其實心裡也是一片迷惘。於禮不合，他明白。不當擾民，他知道。這種行為和踰牆的登徒子沒兩樣……他也曉得。

雖然他並不是想行那不軌之事。

忙忙了幾個月，終於把差事了結了。上頭待他們很寬厚，不但額外封賞還給他們半個月的假休整。像他們這種年輕未娶妻的暗衛，通常都會去秦樓楚館逍遙快活。

他打小孤僻，頭兒怎麼說都沒用，最後放棄了，只要他盡量與人相同，不要特立獨行。這話他倒是聽進去了，別人喝酒賭錢，他也應付著。別人去尋花問柳，他也隨著。

雖然他一直覺得酒不好喝，賭錢也沒意思，但他能隨得上，喝不趴，還得仔細著不要贏太多。

看著虛假逢迎的笑容，跟沒意思的女人沒意思的顛鸞倒鳳……

都是假的。情意是假的，叫聲也是假的，完事了一點也沒覺得放鬆。為什麼別人會覺得這樣快活？

明明是花錢找不快活。

出了營門，晴空萬里的午後。他緩緩的跟著其他同袍後面，本來是要跟著去找女人……

但花街柳巷將近，他卻有種深深的、深深的疲憊感。

其實他很討厭別人碰他，尤其是陌生人。他已經看過太多虛假，實在不想跟虛假混在一起了。

毫無意義。

他瞥見了賣烤栗子的一個小攤。嗯，這攤烤栗子大概是京城最好的……正當季，一年裡最好吃的時節。

突然一張恬靜的臉晃過，心滿意足的，為了幾個翠燕兒露出真正的笑。

本來只是覺得讓平民娘子無端擔驚受怕才送上一份禮，但他從來沒送人東西，儘管覺得考慮得很周詳，還是遠遠的蹲在樹梢看她喜不喜歡……

沒想到給人東西感覺這麼好。

等他回神，已經站在攤子前，其他人已經走遠了，小販滿臉堆笑的招呼過來，不知道為什麼，他就買了一小紙包烤栗子。

再也沒有比花錢買不痛快的事還蠢了。提著這小包烤栗子，他這錢花得痛快極了。

但踏上二娘子的窗台，他又有點懊悔，尤其是二娘子一臉鐵青，死死按著裙角，雙眼冒著怒火時，覺得自己很唐突、不知所謂。

尤其是他瞥見了窗台下的鞋襪，感覺更尷尬。

「官爺……」徐二娘咬牙切齒，「我上吊過、病死過，但從來都不覺得想試試看沉塘或浸豬籠！幹嘛這麼殺人不見血，我得罪過你嗎?!」

為什麼連罵人都覺得挺好笑呢？明明他不是愛笑的人。

他把那個紙包推向二娘子，「全京城最好吃的烤栗子。放心，十丈內的動靜我都聽得分明。」他別開頭，「先把鞋襪穿上，君子慎其獨。」

當我是吃貨?!光著腳丫子而已，只穿幾塊破布袒胸露背都有著呢！沒見識！

徐二娘乾脆也不按裙角，大大方方的露出來，「可惜呢，我就是那最難養的小人兼女子！倒是好好的佳人君子不幹，何以做賊啊？」

好快的利嘴！好……好魏晉遺風的做派。他不敢多看，只能強忍住笑意，淡淡的說，「涼了就不好吃了。」

徐二娘狐疑的看了他一會兒，這官爺不是不機靈，是有毛病吧？巴巴的跑來送烤栗子？什麼全京城最好吃的烤栗子……一定是言過其實。

說起來她也好久沒吃烤栗子了……夢裡的糖炒栗子總是讓人遺憾，明明做法極好，但是栗子味兒就是不對勁。她被關在這兒，保證三餐茶水就不錯了，還想什麼點心……

遲疑了一會兒，徐二娘還是拎起一個烤栗子剝殼吃了。

綿軟鬆香，飽滿的、真正的栗子！真沒吃過比這更好吃的烤栗子。

她笑了。那種真正的、從心裡漾起來的笑。真像小孩子，幾口好吃的就能哄出一個甜甜的笑。

但就像他打探到的，淺嘗輒止，吃了四個就罷了。他把剩下的撿起來吃掉了。

「如何？」他偏著頭問，「是不是全京城最好吃的烤栗子？」

「誰知道啊？」徐二娘也懶得裝賢淑了，「大門不出二門不邁，我連城門往哪邊開都不知道。」跳下窗台起炭燒水，吃了人家的烤栗子，好歹也請人喝杯茶。

「當然是。」名默微微皺眉，「全京城的烤栗子我都吃過了。」

徐二娘毫不客氣的嗤笑一聲，「小孩子似的，滿京城的吃這個。」

想著這個一臉呆書生相的官爺到處買烤栗子吃還品評……越想越好笑，反正不認識、也沒得往外傳，她乾脆放肆笑了一回。

早知道就不要笑。

被嘲笑居然沒惱的官爺，第二天又提了一包核桃和一包雨前茶上門……上樓了。

他果然是有毛病啊靠！

徐二娘的臉瞬間綠了。

官爺來送核桃和茶時，她正拿著自製拖把拖地板。用布帶捆著太長的袖子，頭髮更是隨便的拿條手帕胡亂的紮個高馬尾，赤著腳……

這副樣子連女人都看不得，何況是個陌生的男人？

她是考慮要不要舉起拖把將這個登徒子揍下樓去，但僅存的理智還是做了良好的煞車……想到彼此相差極為懸殊的武力值，她還是生生的忍下來了。

識時務為俊傑……必要的時候，識時務到超凡入聖都可以諒解。

所以她只是深深吸了口氣，視若無睹的繼續拖地板。

名默有幾分尷尬，他倒沒想到……會撞見二娘子這麼「衣衫不整」的做家事。但她的表情真是有趣，明明已然暴怒，卻硬生生的把氣嚥下去，板得一臉淡然……或者自以為很淡然。

「全京城最好的核桃。」他泰然的說。

徐二娘連眼角都懶得瞥他一下，只是更用力的拖木製地板，像是恨不得將木板拖掉幾層皮。

真的生氣了呢。名默自己都不知道的彎了嘴角，解開包著核桃的油紙，食指和拇指稍微用力，堅硬的核桃就讓他捏出一道整齊的細縫，細微的咔擦聲讓徐二娘額角微不可察的跳了跳。

核桃這玩意兒，她也愛吃。每次都得拿槌子捶個半天才能吃上一口，那殼可不是普通的硬……

她實在拿不準這個老爬樓的官爺到底想幹嘛。劫財？別鬧了，她連丁點首飾都被「保管」了，一貧如洗。劫色？瘋了喔，滿街水蔥兒的大姑娘小媳婦，哪個不好劫，要冒生命危險爬來這裡劫她這個其貌不揚的寡婦兼下堂婦？

鬱鬱的將拖把拿去浴間清洗擰乾，出來啞口無言的看到官爺非常大方自來熟的占據了她慣坐的位置，起炭烹茶。

悶悶的摸到客位坐下，名默將那包核桃往她面前推了推，她皺著眉端詳，瞠目發現，輕輕一分，核桃仁就飽滿完整的露出來，不像使槌子力道不對就缺角碎仁。

在絕對的武力之前，只能用絕對的沉默對抗。

但這核桃……真是濃香馥郁，是不是全京城第一她不知道，但的確是她畢生吃過最好的核桃。

等她意識到之前，她已經笑眯了眼，驚覺官爺饒有興味的眼神，她才死死的將臉皮板住，低頭喝了口茶……

混帳。太混帳的甘香入喉啊！多少年沒喝到這麼棒的茶了……但這樣烹煮簡直是焚琴煮鶴！這傢伙到底會不會泡茶？不是用開水沖下去就對了，更不該用瓷杯啊笨蛋！

忍了忍，還是忍不下去。「官爺，還是讓我來吧。」她咬牙，「如此佳茶……不該這麼糟蹋了。」

總算是開口了。名默暗笑，很大方的讓了位，卻沒想到徐二娘捧出一整套茶具。他雖面不改色，心底卻是暗驚了一下，而且是越來越驚。

只見她嫻熟的溫了紫砂壺，下茶安蓋，將滾水澆在壺上，棄首道，二次湯水再悶茶，行雲流水般，奉空瓷杯聞香，紫砂杯極為小巧，不過一兩口，卻若流金沁翠，香杯芳甜，茶湯先微澀，入喉卻萬般回甘，意味綿長。

都是同樣的雨前，滋味卻天差地遠。

他極為複雜的看了徐二娘一眼，卻見她泰然自若，心平氣和。

不可能的。名默仔細想了想，決不可能。她不過是商家娘子，連想與官家往來都有困難，何況宮內？根本天差地遠。

「這叫功夫茶，對嗎？」他穩住心神，行若無事的問。

「咦？」徐二娘詫異了，「你怎麼知道？」

名默的內心不啻起了驚濤駭浪。雖然步驟細處有差池，也沒有那些漂亮的名堂。但這個功夫茶還是皇室不傳之祕，只有國君拿來修身養性，酬答諸宰時才拿出來亮一亮相。也就他隨師父拱衛皇帝的時候，遠遠看過兩次，還是頭回嘗到味道。

「二娘子從何習來？」名默笑了笑。

徐二娘倒是升起了高度警戒。這冷面官爺就不當笑，每次笑……哪怕是苦笑，她都有大禍臨頭的不妙感。

她倒是願意不打就招，問題是人家肯不肯信。自嘲一笑，說出來像神經病，能把這官爺嚇跑，也不算壞事。

索性盤膝而坐，晃著茶杯，笑得很是狡黠，「官爺，您可讀過《枕中記》？」

這可是有名的雜記，早在大街小巷說唱個遍，連雜劇都搬演得熟爛了。名默點了點頭。

「我上吊的時候，就做過這黃粱一夢了。」徐二娘語氣很淡然，「果然書裡也不全是胡說八道……這茶藝，就是夢裡學的。」

名默不言，只是仔仔細細的打量著她。

既做了初一，不妨把十五也跟著做了。徐二娘開始高談闊論，撿著那最令人驚異的事兒東拉西扯，像是可以內吞數百人的飛天鐵鳥「飛機」，鐵塊兒打造的大寶船「郵輪」，能達幾百萬馬力的「火車」，通通拿出來胡侃一頓，連電視電冰箱都沒拉下，說得那是津津有味。

名默倒是還端著相同的表情，甚至還沁著淺淺的微笑。

待她口乾舌燥，不得不飲茶止渴，名默含笑點點頭，「倒比說書的還好聽，有賞。明天妳想吃什麼？」

徐二娘嗆著了。「……官爺，與禮不合吧？」明天你還來?!

「誰讓我沒地方去呢？」名默笑意更深。真不知道二娘子腦袋裡都跑些什麼……不肯說這茶藝習自何處也就罷了，還鬼扯了一通……很有耳目一新之感。

「官爺，我這裡不是茶樓。」徐二娘的臉陰了。

沉吟片刻，「也對。」

第二天，官爺還是翩然而至，把正在執刻刀雕木釵的徐二娘嚇得差點捅穿了自己的手。

他這回不但帶了一包茶果子和銀毫茶，甚至抱了一罈龍泉水。以示一切自帶，沒把這兒當茶樓。

二娘恨不得把大小刻刀全戳在他身上，可惜武力值相差太遠，她只能有心無膽的磨磨牙，硬把氣出來的半口血咽進肚子裡。

仔細想想，真不該這樣。的確，與禮不合。

但不該是不該，他還是忍不住往閨望樓跑。他總是跟自己爭辯，又沒存什麼心思，不過是君子之交，就圖個能說話的人而已……雖然他也挺遺憾的，二娘子是個男子該多好……省事多少。

難得遇到一個說得上話的聰明人，卻被禮教擋著，實在令人厭煩。世間蠢人極多，真正聰明的人稀少，能談得來的，更是鳳毛麟角，何況與他相同，喜歡琢磨些精緻小食的，更是絕無僅有。

雖然二娘子根本就不歡迎他，常常賞他白眼。

這婦人……想到他就忍不住噙了笑意。

說她膽子大麼，徒有一張乖巧的皮，裡頭的性子暴躁如火，卻往往鐵青著臉強忍下來。說她膽子小麼，又膽敢操縱著燈下黑的盲點，庇護一個陌生人，應對得泰然自若。

或者說，她很能察言觀色的機巧，伶俐得能體會到官爺別無他意，漸漸的縱性起來，該做啥就做啥，不刻意招呼他了。甚至他兜著圈子套話，她也直白的有問必答，根本不掩飾黃粱夢裡的點點滴滴。

凡是偽造，總是有破綻的。但是他居然套不出任何破綻，精緻得他都快相信真的有那麼個異界，那樣自由又驚世駭俗的異界，而心生嚮往之。

他感嘆，「或許《枕中記》並非全然編造。能夠為之一夢，暫時脫離這令人煩躁的現實，也是種福氣。」

「傻子。」徐二娘嗤之以鼻，「我剛夢起的時候多麼惶恐，連話都不能聽懂呢。被大夫胡亂醫治，還送去什麼啟智班，讓人當白痴。你以為夢裡乾坤千般好？別鬧了。只要是俗世，現實或夢裡，總有這樣那樣的不足。欲壑難填，我就是把心給縱野了，夢醒了才萬般失落難耐，兩邊沒著落。

是你與我無干無涉，我才對你講講。我哪敢跟別人說這個？說了可趁兩家的願，直接派我是瘋子，那更關到沒盡頭了，沒瘋也讓他們折騰到瘋。」

名默安靜下來，半晌才問，「妳有什麼能投奔的親戚？幫妳送封信總是成的。」

徐二娘嘲諷的「哈」了一聲，將絲毫未動的綠豆糕往他推了推。

……也對。坑她的不只是婆家，娘家也跟著狼狽為奸。她竟是沒有絲毫出路。

輕咳一聲，名默生硬的轉了話題，「這是全京城最好吃的綠豆糕。」

「我不吃甜食。」徐二娘回得很乾脆。

「但妳願意吃生梨。」名默無奈的回答。在他看來是很奇怪的偏食。

徐二娘慘澹一笑，「是啊，為什麼不吃呢？誰讓我爹娘盼兒子盼了十年，卻又生個賠錢貨，隔一年才生了個寶貝疙瘩。我那弟弟要月亮就不給太陽，何況區區甜點？」

她垂下眼簾，自己也覺得好笑。不過是個好吃獨食的小屁孩罷了……誰在他面前吃甜點，他就能打滾哭鬧。說起來也不能全怪弟弟，還不都是大人縱出來的。

「小時候當然愛吃。但既然永遠沒有我的份，那我也只好告訴自己不喜歡吃。誰讓我自己彆扭，告訴自己一萬次，自然就覺得不想吃、不愛吃了。」

所以她特別討厭燕窩，討厭魚，討厭五花肉。曾經有多喜歡，後來就有多討厭。她就是小心眼愛記恨，一輩子都沒辦法忘記被父母拿筷子敲手，罵她是貪吃鬼，卻把整盤子菜放到弟弟的面前隨著他吃。

名默有些無措，輕輕嗯了一聲，「妳有哪些不吃的，告訴我。」

徐二娘側目，「無功不受祿。」

「好東西要分著吃才香。」名默淡淡的。

她嗤笑一聲，「官爺，別告訴我連吃個東西你都找不到人分。」

「我不跟蠢人共食。人蠢起來，連舌頭都是木頭做的，給他們吃不過是牛嚼牡丹，何苦浪費糧食還敗我的胃口？」

徐二娘仔仔細細的打量官爺，看他一臉坦然，不禁搖頭。這算後天的不機靈？現在她沒那麼煩官爺了……一個做人零蛋的傢伙，還孤傲得卓然不群。要不是一身高人一等的好功夫，早不知道死到哪個天涯海角。

她跳下窗台，擺弄功夫茶給他喝，結果這個死腦筋的官爺真的碰也沒碰那些綠豆糕，光喝茶。

還是她勉為其難的掰了一小角綠豆糕吃了，官爺才把剩下的掃進肚子裡。

「官爺，也不要太不合群。」她懶懶的勸。

「有些事情能夠勉強，有些是絕對不可能的。」名默斬釘截鐵的說。

二娘覺得該敷衍的已然敷衍，舉了舉杯，「謝您青眼。」

名默倒是莫名的高興起來，只是面癱久了不顯，惟有眉梢眼角笑意深了些，「下回休假，我帶馮記餛飩過來，那可是全京城最好吃的餛飩。」

說到吃的，根本就是個孩子。自從知道比名默大上兩歲，二娘倒是自然大方不少，「那先謝過官爺，咱們也算是以食會友了。」

「嗯。」他瞇了瞇眼，很享受的飲了一口茶，又有些惆悵的說，「可惜我快收假了，只能留待下回。」

他是真的惆悵。

以前遇到休假，總是他心情最糟糕的時候，覺得日子宛如老牛拖破車，無所事事的難受到極點……要不他怎麼會無聊到吃遍京城？但這回半個月的假，卻覺得一日日過得飛快。

每日琢磨著該給二娘子帶些什麼，和二娘子有一搭沒一搭的談天說地，哪怕是跟著她一起發呆，聽著爐子上的水汩汩作響，看著珠簾下讓金光撒遍半張臉的二娘子……他都感覺到安逸溫寧。

或許這就是所謂的「歲月靜好」。

想想再兩天就要回到沾滿污穢的暗衛日子……頭回湧出一股沁骨的疲憊和倦怠。

「星期一症候群？」二娘很敏銳的發現他突然低落的心情，「別休假休懶了，差事要緊哪。」

名默抿了抿唇。他倒還記得二娘子提過，在黃粱夢裡有奇怪的星期制，週休二日，星期一就得上工。

「我自七歲入營到現在，勤勤懇懇也已然十五年。」他終究還是嘆了口氣。

「早著呢。」二娘懶懶的給他再斟杯茶，「那邊七歲讀書，最少也要念十六年。這還沒完，得工作到六十五才有資格退休。照我說我也願意出去奔走。」

她不無自豪的說，「在那邊我可是考過了吏選，是有功名的親民官，在郵局幹了十來年，手下也是有幾個人的。」

這時候，一直懶洋洋的二娘子卻神采飛揚，意氣風發。可惜只有一瞬間，立刻熄滅了。

閱人無數，名默一點都不懷疑二娘子曾經為官，不然無從解釋她一個平民娘子卻擁有那種隱然之威。

可惜只是枕中之記，黃粱一夢。醒來只能困守閨牢，平白荒蕪了她的聰明才智。

「二娘子，想離開這裡嗎？」他聲音罕有的放柔。

二娘似笑非笑的看他，「然後呢？我能去哪？要不就是自賣豪門為奴，要不就自踐煙花。我這把年紀了，不說不屑為妾，就算要給人當續弦也不見得有人要……然而不論為妻作妾，依舊是困守深院，一生碌碌毫無作為。還不如就留著給那兩家養著清心的多。起碼不用為了個破男人爭得面目可憎，禍延子孫。」

名默長嘆，「何苦如此明白。」

「明白到苦死也好過做個糊塗鬼蠢死。」她笑笑著挑眉。

沉默良久，名默輕喟，「天地為牢籠，無人不困。」

「所以有生之涯，還是琢磨點好吃好喝的，想些開心的事情，苦中作樂為好。」二娘恢復那種懶洋洋的模樣，笑得很恣意……甚至有些自棄的豁達。

「我明白，真的，明白。」名默慢慢的吐出一口氣，「我的牢籠，比妳大一點兒。但有生之年，恐怕出不了京城。」

二娘沒有跟他比慘，只是和他碰了碰茶杯，以茶代酒的一飲而盡。

秋葉落盡，霜後繼雪。

這樣的天氣幹活兒當然是苦差事，落到暗衛身上更不須提。不機靈的名默自然是黃連煮蓮芯——苦上加苦。誰讓他功夫是個拔尖兒呢？所謂能者多勞。

結果忙忙的兩三個月辦好差事，打醬油的升官去了，他這個死不吭聲的真正主力，只落得幾個月例的賞銀，和一個月的病假……再有的就是受了不輕的內傷。

要不是頭兒把御醫脅來了，還不知道一個月的病假夠不夠用，氣得頭兒對他跳腳大罵。

名默一如既往的沉默。他不是不知道頭兒的關照，他不是石頭，哪兒不知道頭兒既當他是徒兒，又當他是孩兒。

只是頭兒雖說是皇帝的心腹，看起來風光無限，事實上如人飲水冷暖自知罷了。攤上這個乾打雷不下雨的皇帝，是頭兒不黨不群、獨到極點才勉強讓那昏君信任，他哪裡敢攬功，連累頭兒有培養羽翼之嫌，引發那個小心眼的昏君絲毫疑慮。

看得太多了。

再說，又沒斷手斷腳，他自己也能開方子，又能運功療傷，雙管齊下也不難……使御醫來也就是多些精貴的藥材罷了。

讓他比較憂鬱的是，這種滴水成冰的天氣，想熱騰騰的把餛飩湯送去給二娘子品嘗，恐怕是件難事。

躺了六天，覺得已經好得七八成，最少爬閨望樓不會摔死了，皺了半晌的眉，他還是去了馮記一趟，卻買了十只生餛飩，用竹筒提了兩碗湯，又帶了個小銅鍋，熟門熟路的摸上閨望樓……差點在結冰的瓦頂摔了一跤。

難怪這些人把她關得這麼安心……但看到被風雪吹得微微漂蕩的牛毛窗氈，他原本就面癱的臉孔又暗了一個色度。

閨望樓的窗台極大，起碼夠坐七、八個人。夏日裡固然涼爽宜人，天涼可是高處不勝寒。他見過其他閨望樓，冬天都是上明瓦擋板保暖，講究點的還是銀霜炭爐四時不斷。

還未掀起牛毛窗氈，就聽到一陣緊過一聲的咳嗽。心一擰，他掀開窗氈，看到二娘子伏案狂咳，縮背垂肩，除了烹茶的炭爐，空落落的一室只得一個火盆，穿著單薄夾襖，連件棉衣都沒撈著。

雖然他幹活時假公濟私的知曉了些什麼，卻沒想到這些人沒膽子明槍明刀的殺人，卻很有膽子不聲不響的把人慢慢拖死。

他把東西一放，幸好爐子上還有燒滾的開水，涮了涮茶碗，倒了半杯吹了吹涼，往二娘子手邊推了推。

好不容易喘過氣來的徐二娘翻了翻眼皮看他，捧著茶碗喝了幾口。疲憊的伏案，卻又埋在臂彎咳了起來，咳得名默喉頭發癢，也跟著咳了兩聲。

二娘倒是笑了，「我咳我的，官爺你咳什麼？莫非病氣過得如此之快，一個照面您就傷風了？」

「內傷。」名默沉默半晌，「傷了肺經。」

二娘抬頭望他，才發現官爺氣色的確不好……好像被狐狸精吸乾的呆書生，連嘴唇都沒什麼血色了。

「不好生養著跑來聽我咳嗽？」她沒好氣。

名默沒說話，只是抖了抖斗篷，遲疑了一會兒，還是江湖救急的從權，披在她肩上，掖緊了。裝著沒看到二娘子瞪大的眼睛，正經八百的按著她的脈門，眉頭漸漸鎖緊。

二娘終於從震驚裡清醒過來，想奪回手腕，名默沉聲低喝，「別動。」真是威嚴無比，膽子小些的恐怕就嚇跪了。不愧是見過大世面的，二娘也只是僵了僵，咳了半聲，強笑道，「沒想到官爺武藝高強，還是神醫呢。」

「略識皮毛而已，什麼神醫？」名默漫應，「作的是殺頭的買賣，小傷小病總得自己能料理。」

刀頭舔血這麼多年，早就知道凡事要靠自己。上頭的只關心結果，幹活時傷病還指望有大夫隨行不成？所以同僚敷衍過去的醫術課，他倒是下足了工夫，還在太醫院習得一二。

但就這麼馬虎的醫術，也看得出來二娘子雖然只是傷風，卻一再反覆，而且已經有些年頭，元氣開始虛空了。

看她雙頰不正常的紅暈，觸指的手腕也溫度太高，恐怕還在發燒。

「許徐兩家連大夫都請不起？」聲音已然薄怒。

「大夫當然是請了的，還大張旗鼓的去請。」二娘笑了笑，間雜兩聲咳嗽，「藥湯一日兩回，該作的都作全了……反正治不好也喝不死。」

環顧一室寒涼，名默自己也不知道為什麼的怒火大熾，結果牽動有傷的肺經，咳了一個面紅耳赤。

這次換二娘忙忙的涮茶碗倒水給他喝，「哎哎，傷了肺經可不得了，身體是自格兒的，大寒的天還灌了滿肚子風……我說官爺您來作什麼呢？天寒地凍的，沒處找梨去。不然您這咳聽起來吃幾只冰糖燉梨溫養著也早該好了……」

順了順氣，名默苦笑，「說得也是。我帶餛飩來作什麼？早知道二娘子病了，我帶個溫補藥膳也好……」

二娘疑惑的解開油紙包，有些啼笑皆非的看到排得整齊的生餛飩。連底湯都用竹筒盛來了，銅鍋都打算仔細。

這人，倒是沒轉頭就把承諾忘了。

用小炭爐煮餛飩倒是恰恰好，可惜百密一疏。官爺倒是還記得臨時用竹子削個湯勺，卻沒算到她這兒連個碗都沒有，只能就著鍋子吃，她頂多吃了四個餛飩，喝兩口湯，剩下的都可惜了。

結果看她不再吃，名默倒是挺自然的接過小銅鍋，就著她用過的湯勺把剩下的全解決了。

看她一臉愕然，名默很平靜，「我以為滿京城馮記餛飩是最好的……沒想到二娘子可以把火候拿捏得更好。」

二娘張了張口，還是什麼都沒說，沉默了。

名默倒是神經很大條的，直到回去的路上抓完藥，才頭回失態的「啊」了一聲。習慣，一切都只能怪習慣。習慣真是一件可怕極了的事情。

他太了解二娘子「儘求有餘」的美食觀，事實上他也深有知己之感。只是女子和男子的食量有別，他總讓著二娘子先食，然後把剩下的吃完，剛剛好圓滿。

所以他想都沒想就接過銅鍋，拿著二娘子用過的湯勺很自然的吃了個點滴不剩……二娘子的廚藝應該很好，能把火候抓得那麼精準，絕對差不到哪去。

扶額良久，深深反省這樣浮浪作為，實在是大錯特錯。

二娘子可是個貨真價實的良家子。一直糾纏她已然不該，居然還如此孟浪……真有點羞於再去見她了。

但她都快把肺咳出來了。

再一次感慨，二娘子若是個男子，什麼問題都沒有，為友為朋，親如手足，多麼自然無瑕疵。雖然他一輩子恐怕就是個普通暗衛，但為官為吏，明裡暗裡他是有辦法施把手的……

為什麼是個萬般不由己的婦人？

禮教、性別，重重大關。

心事重重又矛盾的回去熬藥，難得開口的跟頭兒要了幾只梨——這大概就是拱衛宮闕最大的好處吧，天寒地凍照樣有梨。

只是第二天去探望臥病的二娘子，被她好一頓嘲笑。「傻子，冰糖燉梨不是這麼燉的！這是煮梨湯吧？」

名默悶了，「……等妳好了，教我怎麼燉吧。先把藥喝了。」就遞給她一竹筒的藥湯。

更悶的是，二娘子倒在床上，掙扎半天才起來，很想扶她一把，又覺得不應該輕薄，心裡很矛盾。藉著把脈的因由，發現她燒得更厲害，心裡又更加煩躁。

病成這樣，只有一碗涼掉的藥湯擺在床邊的小几，居然留個人伺候她都沒，漸漸感到很憤怨。一聞藥湯，竟是虎狼之藥，治得風寒卻大損元氣，更是火旺，乾脆的端起來都倒到隔間的淨桶裡。

回來只是坐在床邊腳踏，望著雪青絲綢緞面的被褥，蒼青百花床帳。表面上看起來，的確錦繡奢華……但頂什麼用？薄薄一層絲棉，入冬了，依舊是夏被。

「披風呢？」他心情不太好的問。昨天他明明把大毛披風留下了。

「在床帳上。」二娘有氣無力的回答，「屋裡突然多出件男子披風……這種天氣沉塘實在太受罪。」

名默真的快憋出心火了，悶悶的從床帳上撈下披風，狠狠地抖了抖，硬給二娘子蓋上了。

給她熬的藥很苦，實在怎麼也減不了那幾錢黃連，但她卻眉也沒皺一口一口慢慢喝。

越來越煩躁。

「病成這樣，居然留個人照應妳也沒有。」他語氣不免有些忿忿。

二娘定定的望了他一眼，說心裡不感動絕對是假的。之前煩官爺，多少是拿不準這官爺到底有什麼圖謀，而且她在這萬般不自由的世道，有個更束縛的身分，讓人看出絲毫蹤跡就只有死路一條，不由得她不煩。

但她差點忘了，並不是每個人都有圖謀才會親近。在那一夢中，她也有幾個異性的至交，毫無利害關係，只為興趣相投耳。

她柔聲說，「是我不要人在跟前……」遲疑片刻，她含糊的解釋，「人非草木，孰能無情……雖然是丫頭僕婦，旦夕相處，終究還是有情義的。我不想虛擲這份情義，也不想讓人背叛這份情義……」

名默的臉陰了，色度下降到接近黑了。「所以是內神通外鬼？」

二娘先是愕然，然後薄怒，「官爺！你也管得太寬了！你是替天辦事的，我們這種商戶百姓的芝麻小事……」

名默忍了忍，還是沒忍住，咬著牙問，「差點被、被毀了，是小事？真是小事妳為什麼朝自己戳了兩剪四眼？」

二娘沉默了。

她最後會被關上閨望樓，就是這樣不名譽的「小事」。那時兩家還在扯皮，她還被軟禁在婆家，自己也還有點渾渾噩噩，現實和夢境混雜在一起。結果跟她一起長大，陪嫁到許家的丫頭給她下了藥，偷開了門，差點被小叔給污了。

還好是春藥不是迷藥，所以她在憤怒中把持得住自己，來得及摸出針線籃裡的小剪子，朝自己胸口戳了兩剪，讓來「捉奸」的前公婆嚇得魂飛九天。

最後兩家炸鍋，雖然剪子短，所以傷口不深，但還是割到不知道是動脈還是靜脈，血流得著實不少。為了避免「造成事實」哪家吃獨食，才議定將她關在深鎖的閨望樓，兩家各派人來看管。

說她偏執也好，一朝被蛇咬十年怕井繩也罷，她就是再也不讓任何人在她跟前服侍。

「兩家都是幾房的人，各有各的打算和主張。」二娘淡淡的說，「眼前雖然是恐怖平衡，到底也還算是平衡。」她自嘲一笑，「誰讓我是手無縛雞之力的婦道人家？我只能當小事看，不然能怎麼辦？再上吊一次？得了，痛苦的永遠是過程。」

安靜了一會兒，名默悶悶的開口，「天理循環，該遭報應的還是會報應。」

二娘緩緩的睜大眼睛，語氣轉厲，「官爺！」

名默別開頭，「……也沒怎麼了。一點皮肉傷……也沒真的斷子絕孫。」他咳嗽兩聲，「就、就稍微歪了點。想幹什麼壞事……會比較痛。」

他發誓，只是剛好聽到點流言，辦正事時「順便」調查了一下，在不耽擱正事的狀況下，更順便的「蓋錯布袋打錯人」，小懲大誡，只是踢折了那貨的子孫根……養得好的。頂多行房時比較痛而已……若不好生保養荒淫無度，自己折騰壞了，可怪不到他。

二娘扶額，只能扶額。「官爺，你是官身啊。何苦為了我這種倒楣鬼出頭，惹出麻煩來如何是好……」

「我做事從不留尾巴和證據。」名默很傲氣的回，看二娘子表情複雜，卻有點懊悔和發緊，「是我自己想這麼做的，與妳無關。」

二娘噗嗤一聲，狂笑起來，笑得又喘又咳還帶飆淚。「真可惜，不是我親自動手。」語氣不但非常愉悅，還帶著十二萬分的幸災樂禍。「大恩不言謝，可惜我一貧如洗。不如明天您帶兩個梨和冰糖來，我燉全京城最好吃的冰糖燉梨給您品評。」

名默暗暗鬆了口氣，沁出自己也不知道的笑意。一時衝動把人胖揍踹完，出完氣，心裡不是不惴惴的……原本不想讓二娘子知道。

立場不對，身分也不對。更不曉得二娘子會怎麼想。

但她笑得這麼歡快明媚，大大方方的應謝，讓他心情莫名的晴空萬里。

看著他臉上微微笑意，二娘心底更悶笑不已。萬年面癱還有氣勢，這麼帶笑……越發呆書生氣。

心情愉快，外感就輕了許多。第二天就能起身做冰糖燉梨，雖然只有一個炭爐慢慢煨，倒是讓這呆書生官爺吃得眉開眼笑，很大方的承認的確是京城第一的冰糖燉梨。

未進臘月就滴水成冰，日日雪深。

給徐二娘的供給更是懶怠起來，除了一日二餐，一擔洗澡水，一桶飲水，連炭都早早的挑足了，一簍簍擱在淨房旁邊，挨著牆一字排開，下人顧著在樓下炕上貓冬，輕易不出門了。

這倒給了名默許多便利，最少把那牛毛掛氈修了個服貼，不再那麼滲風，還將上好氈料取了兩大床來，和二娘子一起拆被單，裁好添內裡，又幫著縫合。

看著官爺下針神速，針腳比她這個正宗女子還細密三分，二娘嘴角不禁抽了抽。

名默望她一眼，誤解了，「這是……我們那兒做披風用的。別看著薄軟，實際最是防風禦寒。二娘子的病有一半多是凍出來的，這些個明面上不能用，縫在被單底才不招麻煩。我看許家都是些……春來時再拆出來就是了。」

二娘有些哭笑不得，「官爺，真謝您了……只是我個女人家針線不如您，有些赧然而已。」

名默驚訝了一下，轉思明白了，反而笑了出來。「這是不得不會，我可不會繡花繡朵。只我這陰私行當，說不得什麼時候就衣衫掛了口子，不能緊急縫補，難道還給人平白抓出不是來？」

太賢慧了啊這是。這官爺賢慧得都能嫁人了。

官爺話不多，二娘倒是挺敏感的體會到，他還真是個孤獨求敗，連個朋友都沒有，求生技能倒是令人驚異的萬能，但畢竟只是為了求生罷了。

想來他說的「沒有地方可去」，還真不是虛言一句。

在她看來，人生不過是一場場如霧的幻夢。當初煩官爺，只是不想惹莫名的麻煩。沉塘浸豬籠沒什麼，過程總是不好受的吧？奉承男人什麼的，寵妾滅妻的前夫就夠讓她噁心了，被門夾過腦袋才會想再來個下家。

可至交，那就是另一回事了。

在那黃粱一夢裡，她真有幾個好到恨不得磕頭拜把子的男性好友，跟男子來往，真是別開眼界的豪邁不拘，連她這時時思家的小女子都跟著開闊不少。反而跟女子來往有些磕磕絆絆，老被嘲諷「自命清高」、「矯揉造作」，總貼不上心。

她性子在那夢裡乾坤，實在上不得檯面，偏安小嶼，濃夏豔日，她還是穿著長袖襯衫長裙，拘謹得連被碰一下都會驚跳。幾個青衫之交卻對她憐惜尊重，常說她難得。一生未嫁，臨死前也只有這幾個連手都沒碰過的知己送終。

跟她交情最好的那一個，卻是個流連花叢，離婚兩次的浪蕩子。

她又不是笨蛋，就算起初充滿戒心兼摸不著頭緒，後來也漸漸悟了。原來男子眼中，往往女子兼有魔女和聖母兩種面貌。她深受大燕禮教洗禮，已入骨髓，在那夢裡乾坤看來，持身實在是過度自苦嚴謹，和浪蕩好友身邊所有的母妹妻友相較起來，簡直神聖到會發光，這才把她供起來當知己。

臨終時，這個浪蕩子破天荒的握著她的手涕泣不已，比死了娘還傷心……都快五十的人了。

男子為友，的確是好，沒那麼多彎彎繞繞和比針眼還小的心眼——前提是不能滾床單。

友情的芳香，雖淡泊卻悠遠。說起來她最掛心懷念的，還是那個破爛浪蕩子端杯咖啡，跟她嘮嘮叨叨的訴苦，又跟不知道第幾百任的女朋友異常曲折離奇的分手。以後不知道他還能跟誰訴苦，失戀空窗期找不找得到人吃飯。

等她回神，發現官爺又怔怔的看著她，眼神恍惚迷惘。

「喂。」她語氣不善的吭聲，眼神更加不善。官爺就是這毛病不好……他敢喊一聲「娘」，她真敢拿手裡的針戳官爺幾下。

人總是有底線的。

名默眨了眨眼，不大好意思的咳了一聲，卻惹動肺經的傷，真的狂咳了一陣。

二娘趕緊把快完工的被褥往床一堆，遞給他枇杷葉茶，「快潤一潤。我說這大雪的天，何苦日日跑來吃風……」

喝了茶順了順氣，名默安靜了會兒，「妳的藥不能斷。元氣已經有傷了，趁病好好的調理，這比康健時調理還來得強。」

二娘臉孔抽搐了一下，悶悶的說，「待我再好，也不准你喊娘，有什麼用？」

名默噴茶了，笑得又咳了一陣。

真不知道她腦袋都在想些什麼……老這麼跳脫。

「我的確是又多想起些什麼……但說什麼也不會有這麼年輕的『娘』。」他坦然。摩挲著茶碗，他慢慢的說，「我是真的很想想起七歲前的記憶……其實吧，我有名有姓，有父母來處……雖然滿門抄斬了，七歲以下兒女入宮為奴。嗯，大前年也平反了，我是李家唯一倖存者，終於能去祭祀了。」

淡淡幾句，卻是驚心動魄的潑天慘劇。但官爺卻不見哀痛，只有迷惘。

「但我沒有感覺。」他的眉頭蹙了起來，「不，應該說，好像聽到陌生人的悲慘，只是唏噓，卻一點點也不心傷……似乎跟我一點關係也沒有。這怎麼對呢？這不對，太不對了……」

二娘恍然大悟，所以他才會試圖拿回七歲前的記憶。為人子女卻不能為親真心舉哀，卻不是他之所願，實在是件惶恐的事情。

這時她真有點懊悔。黃粱一夢裡萬般自由，她只為了尋常功課和高考苦讀，閒暇也就雕木釵為樂……早知道就多學點心理學，說不定還有點幫助。

真白瞎了那麼多的自由。

偏頭想了下，「你最初記得的是什麼？」好不好總看過幾部小說和電視，她最愛看美劇「犯罪心理」了。

名默沉默下來，握著茶碗的指尖發白，導致那個茶碗出現了幾道裂痕。

「呃……不方便說也沒關係。」二娘的額頭悄悄的滴下了兩滴汗。

他有些尷尬的看了開始沁水的茶碗，清了清嗓子，「也沒什麼不方便說的……入宮為奴，當然得先淨身……千鈞一髮之際，頭兒闖進來把我帶走了。差那麼一點兒……我就成了斷子絕孫的李家罪人了。」

雖然力持鎮定，但他沁汗的額角和微微顫抖的手，卻透露出他一直想遺忘掉的恐怖經歷。

遲疑了一下，二娘輕輕把手覆在他的手背，聲音很輕很暖的緩慢，「深呼吸……我是說，慢慢的吐納，像我這樣……」她深深吸了口氣，又緩緩的吐出來。

雖然她很快就把手抽回去了，名默還是覺得心口稍微回溫了一點。深呼吸以後果然寧定下來。

「官爺的名字……真的叫名默嗎？」她蹙眉。算算應該是她九歲時滿門抄斬的李家……她有點印象。即使是養在深閨的女兒，她還是挺詫異的。上世家譜的淮南李家，出過副宰的書香世家，一票子文人，手無寸鐵，一兵一卒都沒有，拿什麼跟人造反？

既然是造反，為什麼就砍了吏部尚書一家子，旁族毫髮無傷，還有人升官呢？

但一個九歲的小女孩兒，只是不解的想想，畢竟與她八竿子打不著。會去想這事，還是因為父母閒談時沒避開她，剛好她正看著李家訂製的藍田玉佩研究雕工。

名默。她若有兒女絕對不會取這個名字。

他的聲音果然冷漠下來，隱隱帶著嘲諷。「當然不是。據說是我入宮為奴時，御賜改的。原本皇帝還想讓我一生只能著黑服……只是頭兒將我塞去暗衛營了。我不過是皇帝跟前的一條黑狗……」

「噤聲！」二娘輕斥，「不可發怨望之語。」

名默啞然，不是不懊悔的。他向來謹小慎微，為什麼突然暴怒，口不擇言。

二娘看他又恢復面癱兼颳暴風雪，搔了搔臉頰，「呃……剛你說什麼我都沒聽見。喔，對了。今天我跟他們要了兩個生雞蛋和雞湯，讓你嚐嚐京城第一的雞蛋羹，要不？」

面癱依舊，暴風雪倒是漸漸停了。雖然聲音還有點生硬，到底還是回溫些，「我舌頭很刁。」

「不會比我挑剔。」二娘閒閒的說，「要不是沒得下廚，京城前三廚娘必定有我。」

雖然環境非常克難，二娘的確依她所言，靠一個炭爐蒸了兩茶碗的雞蛋羹，足以傲視京城。

吃了那碗雞蛋羹，暖胃兼暖心，名默果然覺得好多了。

即使覺得好多了，他還是免不了心情低沉了幾天，許久未發作的惡夢，又開始困擾他了。

他實在是厭棄惱怒，彼時年幼只會嚎啕大哭的自己。已經極力遺忘，事實上也幾乎不再想起，但二娘子無心的提問，才讓他發現自己深藏的軟弱和怨恨。

其實二娘子沒說什麼，但他卻覺得被看透了最不願意人看到的不堪。以至於送了藥和點心就倉促離去。

只三天後，二娘子繃著臉喊住他，「等等。」上下打量了他，「既然你不當我是朋友……想來是我自做多情高攀了。官爺您把東西帶走，也不用再來，小婦人也無須您同情憐憫。」

「……我不是同情憐憫。」名默乾乾的說。

二娘怒氣未熄，「我承認我是個吃貨，只是吃貨也分三六九等。我自認還是個上上等的。一個上上等的吃貨絕對不會每日貪食落入下乘，更不會貪天下美食盡該歸我所有。官爺您既不是我的朋友邀我品評，我又不接受同情憐憫。個人認為饕餮之徒該凌駕於口腹之欲，而不是讓口腹之欲所限所困，很不需要您滿京城嗟來之食的蒐羅！」

雖然知道她絕頂聰明靈慧，卻沒想到有這樣利口如刀的好口才。名默鬱悶的想。

但是……朋友？真的嗎？

「我這種不忠不孝之人，哪堪為友。」口氣不是不生硬，卻帶了點軟弱自傷。

二娘毫不留情的給了他一個白眼。照她的意思，恨不得賞他幾個耳光讓他醒一醒。要不是武力值相差到只能吃灰塵的地步，又想他人生就是一齣慘劇，她還真想動上手了。

「所謂忠孝，不過是上位者拿來桎梏壓迫人的無形之刃罷了。」二娘很不屑的嗤笑。

名默大吃一驚，厲聲道，「謹言！」

二娘倒是氣定神閒，嘲諷更甚。「少來，你一定思量過這個道理。我就不謹言了，怎麼著？不然你去告發我呀，你還是上達天聽的官爺呢。」

名默不作聲，半晌才苦笑出來。很嚴肅正經的朝她一揖，二娘子也很嚴肅正經的回禮……抱拳回禮。

簡直不倫不類……名默扶額而笑。但也不是不懂她的意思……平等相待，引為友朋。

算是把這節給揭過去了。莫名的感覺心安，困擾幾日的惡夢也就不再發作。

其實也很莫名，明明知道她只有層乖巧的皮，骨子裡卻極離經叛道……自從小吵這一架後，相對貓冬養病，她很乾脆的不裝了，常常散著長髮擁著裘被，怎麼舒服怎麼來，說話越發恣意……

但在她這個淒冷的閨望樓，的確感覺安心自在，順了一身原本時時警惕的刺。

「其實呢，人生第一要緊是自由，再不然有健康也好。若是兩者都不能強求，那麼最少也要剩個豁達。」

名默垂眸，原本只願雜談的二娘子，最近話也多了起來。哪能不明白，她是拐著彎勸自己寬心。

「二娘子也學得壞了，行動就敲打敲打，說話還帶幾重意思。我好歹也是堂堂男兒，早就邁過那道檻了。」

騙笑欸。二娘輕視的看他一眼，倒也沒戳破。她能豁達，好歹也是有個黃粱一夢撐著，實話說縱壞了性子。她又沒學過心理學，也不知道張弛之度在哪……只是覺得小朋友有點可憐，盡盡心而已。

心結不解也不怎麼樣，人生原本就是虛無縹緲的幻夢。

「我這是寶貴的經驗分享，你硬要聽出別的意思我也沒辦法。」她泰然的倒碗溫水推向名默。

他只笑了一半，看著二娘飛揚蓬勃的神態，又有點惆悵。

經驗。

他見過兩個被圈禁的王爺。坦白說，王府起碼占地幾十畝，皇帝是個混蛋，卻沒把王府封了或降了用度，比起只能關在一個方寸小樓的二娘子，待遇簡直好到天涯。

但在很短的時間，被圈禁的王爺幾乎都成了行屍走肉，不等皇帝下令，不是自盡就是發瘋了。

二娘子卻活得精神抖擻，有閒心打趣或寬慰人，高談闊論她在夢裡乾坤的所見所聞。

「……你這樣每天爬樓，倒讓我想到《萵苣姑娘》。」風寒已卻，健康如初的二娘心情越發的好。

「那又是什麼？」名默很捧場的接話。

「童話……說給小孩子聽的故事。」她興致勃勃的說起又名《長髮公主》的童話故事，夢起淒徨無措之時，那些鮮豔動人的童話繪本，讓她覺得這個荒唐到寡廉鮮恥的奇怪世界，好像也不是那麼壞。

名默聽得很仔細，偶爾發問些不懂的辭彙。聽完只是搖搖頭，「不可能的。」

「啊？」

打量著二娘子散著的長髮，名默還是搖頭，「慢說女子頭髮能有那麼長，起碼也是三、四丈吧。就算有，想要攀著長髮上塔，簡直無稽。又是個弱女子……頂多就是妳這把力氣。光扯頭髮就是一痛，還得墜個成人，不栽下塔那簡直沒有天理。」

「……就說是童話了，哄小孩子的！」

「小孩子更不能這樣哄，信以為真怎麼辦？太危險了。再說身為一個堂堂王子，這般惑於美色，天真的自置險地，沒被奪嫡也罷，絕非明君。這蒿苣更不是好東西，攀了高枝就夥同外人謀害養母……養恩全然不顧，居然還能當王妃，將來還想她母儀天下？國險邦危，國祚必不久矣。」

「……好像有道理。」二娘有些悶悶的，「官爺，您果然是大燕堂堂正正的子民。」

至於代溝什麼的，就不要提了吧。

＊　＊　＊

原來，不只是珠簾。還有一根翡翠串珠檀木釵，斜斜的簪在烏鴉鴉的懶梳髻上。也不是這樣軟綿綿的冬陽，而是赤夏流金，蟬鳴高唱時。

眨了眨眼，看著貪冬暖捲起窗氈的二娘子，溫潤的半張臉，和鬆垮垮欲簪不簪的翠玉琉璃紅木釵……他終於想起來了……

是的，他躺在綿軟涼爽的蕈蓆上，剛剛睡醒，看著自己小小的手發呆，聽到珠簾輕響，迷迷糊糊的坐起。簪著翡翠串珠檀木釵的溫潤女子，和一個俊朗男子，相對低語，神情那麼溫柔平和。

太好了。爹娘終於和好了。爹不再只對別的女人笑，娘也不再偷偷的哭了。真的，太好了。

歡喜啊，久旱逢甘霖般的歡喜。但為什麼……我也好難過，難過得好想把心掏出來不要了，是不是這樣就不會再痛了？

「官爺？」二娘大驚的搖了搖名默的肩膀，「打瞌睡也做惡夢？醒醒！」

他清醒過來，望著二娘發呆。看她皺眉嘖了一聲，抽了帕子輕拭，才發現自己流淚了。

啞口片刻，他訥訥的說，「我想起，完整的，一小段。」

二娘變色，「喊娘我打人了。」

「……其實還有我爹。」

二娘果然勃然大怒的把半溼的帕子摔在他臉上……真有點疼。

幸好她的脾氣就像午後雷陣雨，來得急去得也快，更是個很好的聽眾。

聽完二娘沉默很久很久，「很美吧，那一幕。」

「一幕？」

「一折……一小段雜劇。應該是你最想記得、最美好的一幕。」她神情漸漸悽愴，「所以，不要再回想了。記住這一點美好就夠了。」

名默安靜想了一會兒，搖搖頭，「不行的。這樣不夠……我還是……」

二娘輕喝，「夠了！苦苦的挖出苦苦，你是被虐狂嗎？少了幾年的記憶又怎麼樣？多了幾十年黃粱一夢，那又怎麼樣？天地不仁，以萬物為芻狗。人也無法外於芻狗的命運……這是萬物之大悲，但也是大解脫。順命吧……」

名默猛然坐直怒視，「二娘子！妳不是豁達……妳是自棄了！」靈光一閃，他終於抓到隱隱約約感到不對勁的地方，「妳早就有辦法離開闔望樓吧？妳這麼聰慧怎麼可能……」

「是。」二娘輕笑兩聲，「要爬上這樓不容易，相反的，要下樓異常簡單，而且安全。那不過是被單床帳和除夕鞭炮的事兒……收尾也很容易。你說得對，我放棄了，我順命了。但官爺，難道你沒有放棄沒有順命嗎？物以類聚啊。」

他很想反駁，卻沒有言辭，只有無盡的惘然。他明明知道仇人是誰……但即使武功再高，他還是無法誅殺皇帝雪恨。

李家這脈只剩下他一人，他不想跟頭兒刀刃相見。

「習得文武藝，不想賣給帝王家……卻已經簽了死契。」他的聲音沙啞，「求生不得求死不能……果然物以類聚。」

是，他順命了。被頭兒救了之後，他是乞命，想活下去。但是知曉了自己的身世後，他強烈的厭惡不哀不痛的自己，更強烈的憎恨害他家破人亡還奪走記憶的皇帝。

名默聲音很微弱的說，「其實，看他們父子相殘，我很高興……他們活該。」

沉重的沉默降臨，兩個人都沒有說話，靜靜的看著冬陽西斜，溫暖漸漸被冰寒侵蝕。

該走了。等等就會有僕從送飯送水上來。

「等等。」二娘打破沉默，恢復懶洋洋的口氣，「明天是你最後一天假，對吧？我想吃京城第一的漬苦瓜。」

情緒非常低潮的名默看了她一眼，怎麼會天外飛來一筆，她居然還有心情講究吃。

但還是胡亂點了點頭，離開了。

踏雪無痕呢，真厲害。二娘撐著臉看窗外，天地一床雪被，掩了多少污穢齷齪。

算了，人生不過是場輕浮的幻夢。所有的真實……最後都會變成不真實。

還是尋些樂子比較好。

所以她破天荒的跟送飯的小婢要東西，將快把她當成盲聾啞三重苦的小婢嚇個半死，還驚動了管家上來問安，只是簡單撩撥兩句，就讓許徐兩家人馬雜沓，爭相查帳，彼此攀咬拍板磚，熱鬧了半個晚上。

果然心情好多了。難怪那麼多人喜歡鬥蛐蛐兒。別人鬥蛐蛐兒可能會傾家蕩產，她倒是賺了一套精巧的鍋碗銅盤、半袋精米和各色豆子菜乾、鹹鴨蛋，可見她是鬥蛐蛐兒的高手。

隔天名默驚訝的聽她得意洋洋的「徐許鬥蛐蛐兒記」，他原本想問，早該辦得到的事情，為什麼遲到如今才發作……看她狡黠快意的一笑，名默突然明白了。

在她眼中，幽禁她的許徐兩家已經不值得她「孝」，所以她高興呢就懶散過日，不高興呢就撩撥兩家互鬥當個樂子。

讓他成為孤兒、不值得「忠」的慕容皇室，也可以比照辦理。

「我敢說，」二娘指了指炭爐上的鍋子，「這是京城第一的清粥。」

「粥不都是一個味道嗎？」名默挑眉。

「嘖，外面賣的不叫做粥，那是糨糊。」二娘撇了撇嘴。

掀鍋以後他很意外，這粥……居然是外鍋套內鍋，隔水燉的。內鍋只有兩碗的份，米粒爛熟卻歷歷可數，妙的是銀裹米湯，每個粥粒不管怎麼攪拌都是一樣的，濃香甜醇。

原本偏苦的漬苦瓜搭配清粥，竟吃出一種難以言喻的甘……他從來不知道一碗粥可以詮釋另一個角度的人生。

果然，她會難得勤奮的「鬥蛐蛐兒」，就是想告訴他，順命不見得不能從中找點樂子。

「的確是京城第一的粥。」名默點頭。

二娘驕傲的下巴一揚，「那絕對必須是當然的。」

不過是往外扔了盤「忘了」加鹽的滷白菜，就什麼都有了。

該有的冬被冬衣，早該送來的漂流木，應該熱騰騰的飯菜……所有的供給都厚上幾倍送上來，再沒人敢大聲嘮叨嘀咕一個棄婦寡婦多事，真把自己當成少奶奶之類的。

甚至二娘連話都沒說幾句，該說的話兩家都爭說了。

真是……瞻前顧後優柔寡斷就不要學人算計故做深沉，尤其是缺乏智商到這種地步。當了婊子就不要指望還立貞節牌坊，滑天下之大稽。

既然把她幽禁在閨望樓，就該捨了一樓的書肆，哪怕是唯一能跟書香門第豪門大族搭上關係的矜貴書肆……捨不得名與利，即使是這麼高檔昂貴的書肆，還是會有人來往，莫名從閨望樓扔下一個盤子就能惹起動靜，完全智缺。

其實官爺說得極對，她是自棄了、厭煩了，所以才冷眼放任。但她有嘴說別人，卻沒話說自己，豈不可笑。

＊　＊　＊

是呀，放棄了掙扎，順命了。但也不代表別人可以把她當成傻子……被一群傻子當成傻子，這實在是自找的侮辱，怎麼能忍受。

就算只是輕浮無謂的幻夢，還是要過得舒坦。誰讓她不舒坦，她就讓誰連刺帶剮的不舒坦。

她深深的伸了個懶腰，很滿意雕琢了一整個冬天的兩根木釵。這是從漂流木上順著紋理取下來的兩根好材料。可惜了，若是有好玉料……

自嘲一笑。

她敢說，玉器獨步大燕的徐家，唯有她在簪釵上真正成材，但受到的指點和重視真是少得可憐……得到的只是更多打壓和斥責，果然是憋出他們要的低眉順眼膽怯自卑的大家閨秀。

故步自封、一代不如一代的徐家手藝，大概在她兄弟手上就差不多敗淨了。

挺好的。瞧不起婦人又貪圖婦人的嫁妝，落到這樣的地步，報應真是快。

她承認自己不是好人，更不是佳婦。沒辦法，她已經在黃粱一夢中把性子徹底縱壞了。

名默再來時，已然花朝。

春暖花開時節，爐上銅壺水鳴。二娘子悠然的盤坐在案前，翻著書頁，漫不經心的玩著一個雪白茶碗。

月白交領中袍，外罩極青窄袖紗罩衣，散著一挽青絲蜿蜒在地。溫淨閒然的皮，剛烈如竹的骨，錯認了不免被抽得鮮血淋漓。

一只扔出的盤子，幾乎殺得許徐兩家措手不及，影影綽綽的讓許四奶奶、徐二娘子浮上檯面。一步好棋。

「官爺。」慵懶的笑，像是日日相見，而不是相別數月。

名默莫名的感到安適悅然，遞出一個馬齒莧編織的小包，上面綴以野菜花。「花朝誌春。」

二娘笑得更深，透出懷念和歡欣。大燕習俗，花朝節踏青採野菜為食，簪野菜花賀春，閨閣歡笑，已經遙遠的宛如隔世。

她拿起野菜花直接別在耳後，拆了馬齒莧的小包，整整齊齊垛了六個野菜糰子。

「不消說，」她打趣，「定是京城第一。」

拿起一枚野菜糰子，咬了一口，眉眼彎彎，笑得那麼滿足。「這是糯米粉摻野菜做的吧？不好消化，別多吃了。」

「花朝節應景，也就這麼幾個。」名默也拿了一個，「野菜糰子不用糯米該用什麼？」

「當然是在來米粉，而且也不該做得這麼小，應該有巴掌大，裡頭應該包蘿蔔乾絲，蘿蔔乾絲要細細的用油炒過……」說到最後失笑，「不對，照我說的做，就不是野菜糰子，而是『草仔粿』了。」

草仔粿。

這三個字並不是京城方言，更不是官話。名默詫異的看著她，「二娘子去過閩地？」

說完才自覺好笑，他這麼一個自由行走的暗衛都沒出過京，他會知道口音相異是因為在同文館和書生往來認識幾個閩地舉子。

二娘也面露驚訝，「……我不知道。真的有這樣口音？我只知道這是閩南語……」

但也就驚了那麼一下，她又不在意的笑，「夢裡乾坤真是包羅萬象……要不是因為那邊沒有大燕，我真會以為去了上千年後了。」

「沒有大燕？」名默看她吃了一個就不再動手，很習慣的將剩下的吃完，「不然該是什麼？」

「隋唐，然後是宋元明清民國。」她聳肩，想想又覺可笑，「果然只是一夢，那時我還傻傻的拚命查歷史，想搞清楚到底在哪朝哪代……查個半死才查到威皇帝，結果只有短短幾行字，而且是一派胡言。連清河公主都編派了，擱在咱們這兒真是抄九族的份……」

名默卻不覺得好笑，有一種淡淡的不妙。「編派些什麼？」

「『一雌復一雄，雙飛入紫宮』。」二娘子無奈的揚了揚手裡的書，「清河公主明明是觸柱殉難，威皇帝少年時被苻堅那老賊當質子。那些該砍頭的，胡說太祖皇帝是給苻堅……」

名默突然摀住她的嘴，力道大到將她按倒在地，向來平靜無波的眼神卻充滿驚恐。二娘沒有掙扎，只是怔怔的看著名默的眼睛。

官爺是宮裡暗衛，知道許多陰私和事實。

「妳什麼都不知道。」名默湊在她耳邊低語，聲音有些發顫，「那只是夢，絕對絕對不能對人言說。」

二娘僵硬艱難的點了點頭，微微發抖。其實她不是害怕官爺對她不利，而是心裡轟然炸開無數混亂，許多積存已久的疑問瘋狂的洶湧而出。

黃粱一夢，她到底是去了哪裡？

驚覺這樣無禮的將她按倒，甚至太過親近，名默慌張的鬆手跪坐。二娘子卻還是躺著，烏鴉鴉的長髮散了一地，金黃的野菜花落在烏髮上，相稱之下，臉色更蒼白無助，大睜的眼睛毫無神采。

「二娘子。」他低喚，有些焦慮的。

「我、我沒事。」她有些遲鈍的起身，「我只是、只是……有點混亂。那是真的嗎？哪邊是真的？」她求助似的看著名默，「官爺，太祖皇帝沒有火燒長安，對吧？」

名默心底洶湧的驚濤駭浪不比她輕。身為暗衛，皇室顏面不能遭受絲毫污損，許多敢起「流言」的人都被他們暗中處理掉了。所以，知道太多名為「妄語」的真相。

「……凰王救下整城性命。」他艱澀的回答。

凰王，傅氏。

正史裡沒有她一個字，但稗官野史卻非常昌盛，屢禁不絕。她的閨望樓深藏許多禁書，當中就有不少版本的「凰王傳」。

二娘子的手放在案上，卻很輕很輕的發抖。玉白的手，卻有些細小陳舊的傷痕。將她嚇成這樣，名默覺得很懊悔。倒了一碗滾水，特別吹了吹，不那麼燙了才放在她面前，但她猶自怔忪，碰也沒碰。

強拉了她的手握著茶碗，才發現她的手冷得像冰。

「我絕不對人說。」他有些發急，「別怕。」

二娘子茫然的看他，好一會兒才明白他的意思，遲鈍的點點頭，「我不怕，官爺絕對不會害我。我、我是，搞不懂。」

「我以為是虛無輕緲的幻夢。」她顫聲低語。卻用一種殘酷的沉重砸在她身上。「結果……有可能是真的。」二娘有些語無倫次，「我死了，就這樣死了。安哥兒該有多傷心……是真的傷心，傷透心。怎麼是這樣……」

她哭了起來，壓抑的、痛苦的啜泣。之前她能夠當作只是夢裡人，為個夢裡人惆悵可以，卻不會掉眼淚……難過豈不是太傻？

現在卻知曉了一些什麼，好像是歷史硬轉了一個彎，她去了一個千百年後的世界，那些人可能真實的存在。

「安哥兒是誰？」名默顧不得禮防，拉著她太冰涼的手，緩緩的在虎口按著。她的心緒太不對勁，一個錯手，不是積鬱成疾就是導致癲狂，非小心疏導調理不可。

二娘子有些顛三倒四的敘說起來。她甦醒於七歲，當時還是二十世紀末，連話都聽不懂，渾渾噩噩的念了幾年啟智班，小學快畢業才轉正常班，然後一直如驚弓之鳥般活在她不太適應的世界裡。

到了上大學，勉強有點樣子，卻還是與那個世界格格不入。但她很願意讀書，只要肯讀書就能被父母寵愛，肯讀書就能國考為官。

幾個知己，都是大學認識的，包括那個風流浪蕩子。之所以會相交為友，是因為她針線不錯，能為他們做奇奇怪怪的衣服，好去什麼FF顯擺。

一開始，她並不喜歡那個風流浪蕩子，特別戒備。若不是被纏得厲害，連話都不會跟他說。誰知道之後最知交的會是他……或許是那個表面熱鬧繁花的風流浪蕩子，背影比任何人都寂寥。

他看懂了她的格格不入，她看懂了他什麼都無法填補的寂寞。

人生得一知己多麼不易，她就是鬆懈了，才會喊他安哥兒。

被嘲笑打趣得多麼厲害，她臉紅過腮，羞得抬不起頭來。但安哥兒卻異常激烈的維護她，甚至還打了一架。

他咧嘴一笑，對臉上的瘀青滿不在乎，「就這麼喊我，只有妳能這麼喊。」

漸漸的，她終於定心下來，保留些許怪癖，考進郵局當親民官，一年年的成熟穩重。知交們紛紛成家立業，她謹慎的保持距離，只有安哥兒一路坎坷的與她相伴……

即使一個月也見不到幾次面。

但她明白，看起來意氣風發的安哥兒，內心卻有陰暗脆弱的苦楚，他饒不過別人也饒不了自己。他的母親曾經踏錯過，搞不清楚安哥兒到底是他父親還是叔父的孩子。

他的浪蕩是在懲罰自己也懲罰那些風流自賞的女人。

她了解，卻只能在他回頭時給他一個安慰的笑，默默傾聽，陪他喝一杯咖啡或吃一頓飯。

安哥兒一生只對她要求過一次。求她不要結婚，求她不要死在他前頭。

一直護著她的知己，哪裡能夠不點頭。

但她終究還是死在他面前，沒有守住承諾。

二娘淚眼望著名默，哭啞了嗓問，「官爺，我是不是瘋了？應該吧，一定……」

「森羅萬象無奇不有，我不敢斷定夢真與否。」名默按著她的脈，悄悄的鬆口氣。積鬱發出來了，不然鬱結五臟，可就不好說了。「但脈象告訴我，二娘子心智如常。」

看著委地有些零落的野菜花，他摘去殘瓣整理，復簪在她烏黑鬢髮。沉默了一會兒，他抿緊嘴角，「坦白說，我真羨慕安哥兒得如此知己。」

二娘子睜大眼睛，蓄著的殘淚如露滾落，卻緩緩的韻積起霞暈……頭一次看到一直很泰然的她失態，也是第一次看到她臉紅。

名默用力繃緊臉皮，卻沒辦法繃住耳朵一陣陣的發燒。

花朝節其實是硬擠出來的假，幾個月不見，瞥見異常熱鬧喧譁的市街，發現花朝在即，突然想起孤守閨樓的二娘子，才覺得有點說不出來的心酸和憐惜。

這一天，大燕所有女子不分貧賤富貴，都能拋開一切，歡喜的外出踏青踐春……哪怕是女伎小婢都不例外，這天是婦人的節日。

為什麼二娘子不得花朝？

所以他才強排出一天假，希望讓她歡喜一點。他並不是有意讓二娘子驚悲得差點致疾。

或許吧，他就是個無情的人。掛念擔憂面臨到辦差，立刻將一切拋諸腦後。他的差事往往是最危險最需要專注的那一類，稍微分心就是生與死的差別。

能再想起二娘子，還是辦完差事以後，半個月都悄然過去了。

果然無情。他默默的想。

「……又是襄國公？」頭兒疲憊的揉揉額角，「所以又是不了了之。」他看著名默，根本沒指望他多說一個字。

但讓他差點嗆茶的是，他這個接近天啞的徒兒，居然開口了。

「暗衛胡亂塞人也罷了，暗衛營……不當讓外戚伸手。」

頭兒瞠目瞪著木然的名默，不敢相信這話是他說出口的。

名默抬眼看了頭兒，以為他沒聽清楚，「暗衛風氣日漸敗壞，又成了外戚勛貴胡塞子弟混資歷的所在，已然過度臃腫白耗軍餉，又把風氣帶得更浮誇尚逢迎。做事者寡，爭功者眾。這是大勢所趨，無可救藥。但暗衛營是訓練子弟的根本，這步絕對不能妥協。」

他是很想手刃皇帝，同袍也多半是笨蛋，不屑為伍。但比起笨蛋同袍，他更厭惡那些外戚和勛貴。沒錯，他是帝王鷹犬，但已經夠難忍受了，他還不至於降格調到成為外戚勛貴紈褲的爪牙。

更不能忍受他勉強能夠視之為家的暗衛營被胡亂插手……他每個月有五天要去點撥那些半大孩子武藝。

頭兒仔細的看他兩眼，卻無法從他那毫無表情的面容看出什麼端倪。

這孩子……想開了？竟然花了十幾年啊，這拗孩子。

他一直拿這個孤拗的徒兒沒什麼辦法，甚至暗裡阻撓名默探查李家傾覆的真相……知道當年舊事的大致被惱羞成怒的皇帝清理掉了，真正知情的就剩下皇帝和他這個暗衛總督頭。

真相總是最荒謬，荒謬到難以想像。一首諷詩，讓心情正壞的皇上勃然大怒，皇后哭兩聲吹個風，天子一怒血流漂杵……不幸的是，殺錯人斬錯家了。

當時他在外地辦差，大驚失色，只來得及飛鴿傳書派人去李尚書家報警，起碼能逃出些少壯。誰知道李尚書一家不肯逃，男子入獄，女眷全數自縊，他趕回來只來得及從太監手裡搶下李家最後一個倖存者。

皇威不容侵犯，宛如泰山之重，與之對抗宛如以卵擊石。除了將這孩子塞進暗衛營表忠心，根本沒有其他辦法保全。

他能做的就是這麼多而已。

這孩子很優秀，很刻苦，堪稱文武雙全，可說是他生平最得意的弟子，辦差認真又扎實。但這孩子……常常在隨侍帝王時冒出不該有的殺氣。

他知道這孩子其實是忠心的……但對象是他這個師父兼頭兒。雷霆雨露皆是君恩，他希望這孩子不要冒傻氣倔氣，要明白自己能夠活下來的珍貴，要了解他真正的位置和效忠對象。

這是為臣之道。

但這拗孩子只肯埋頭辦事，一字建言都不願，孤得讓人擔心。現在他願意表達意見……是不是代表他願意放下過往，真正為臣呢？

希望如此。因為找不到能盯牢他的暗衛，總是三兩下就被甩得老遠，而且糊裡糊塗。一放假如泥牛入海，誰也不知道他上哪。

「有相好的姑娘了？」頭兒板著臉問。

怎麼天外飛來一筆？名默詫異的看了頭兒一眼，低頭想了想，「知己。」

頭兒心下稍安，相好就相好，還什麼知己……果然是有成家的念頭，有了掛念就不會不管不顧的亂來。

「要知道，暗衛妻室必須上查三代家世清白。」頭兒訓著，「煙花女子斷然不可。」

名默眼中掠過一絲迷惑。不太明白原因，他對娶妻卻有種莫名的抵觸。但他很清楚暗衛的規矩，雖然不曉得頭兒為什麼前言不搭後語，還是恭敬的說，「是。」

是小門小戶的平民娘子吧？頭兒暗暗猜著。不然怎麼能往來……這小子已經開始有點心不在焉了。

「去吧去吧，」頭兒沒好氣，「記得啊，發乎情也要止乎禮，別弄出什麼醜事。」

那是當然的吧。名默有些不快，但還是沉默行禮而去。

等回自己屋子熬湯的時候，他自嘲的笑了笑。真不知道在不高興什麼……頭兒又不認識二娘子，更不知道他絕對不會有什麼齷齪念頭……

靈光一閃，他突然明白那個安哥兒的心情。

這樣的女子，是高山流水，陽春白雪。是該一生赤誠相交，士為知己死的永恆。連夫妻情義都可能離心離德，甚至讓他有點不舒服……

終於明白，那個風流浪蕩的安哥兒為什麼提出那麼匪夷所思的要求。要求她不嫁，要求她別死在前頭。

她這樣一個人，怎麼能、怎麼忍用任何束縛強加於身。生為女子已然太苦，她若為男兒必是無羈名士真風流。

踏上閨望樓，她果然是慵懶一笑，目光平和。

已是仲春，窗氈換了竹簾半捲，她坐在窗台綰著一窩絲，斜插玲瓏木釵，八幅月白裙，極青廣袖紗罩衣，隱隱約約可以看到赤著足。

「又是京城第一的什麼？」她看著竹筒問。

名默搖頭，「壓驚湯。」

她大笑。「時隔半月，還壓什麼驚？」笑得玲瓏木釵一顫一顫，發出風鐸般的細響。

「放心吧，那日我只是太震驚。後來細想，那邊事是真的也不錯，我與安哥兒的情誼善始又善終，死在他前頭是他沒福。我實實在在過過一段好日子，只是當時我不知道該惜福。」

看吧，她就是這樣的人。什麼也別想真的束縛她。

「我辦起差來就萬事拋諸腦後，」名默有些歉意，「盡心而已。」

「好吧。」二娘很痛快的接過來，一面喝一面皺眉，「真難喝，你怎麼不下點黃連遮味？酸不酸苦不苦的真難受。」

看她喝完，才遞上一個小紙包兒，「這才是京城第一的糖漬山楂。」

她只拿了一個，吃得眉眼一彎，又是那種心滿意足舒心快意的笑，不等他問，就痛快的拔下玲瓏木釵給他看，任一頭烏絲如瀑而下。

這是烏木。但精巧的是，釵墜玲瓏三球，卻是一整塊木頭雕琢出來的，三環相墜，玲瓏球四面雕牡丹相接，內有同樣烏木所琢小珠，玲瓏球由大而小，各有一環相接。因烏木質堅，所以晃動時如金玉交鳴，若占風鐸※般輕鳴。

「巧奪天工。」他真心實意的贊了一聲。

「這只是練手之作，粗戴著用，壞了不心疼。」她眨眨眼，「吃了你那麼多好東西，總得回禮。」

她跳下窗台，慎重的搬出一個小匣子，放著兩根看似平淡無奇的木釵，是男子款式。她挑了當中一根，笑嘻嘻的放在名默掌心。

他果然睜大眼睛，一臉的不可思議。

「……玉。」

看似平凡一只木釵，觸感卻是上等溫潤和闐玉，溫潤沁骨。怎麼可能？閉著眼睛細細撫來，異常驚嘆。只是紋路……讓他失笑。

饕餮紋。

不尊孔孟、不侍佛道。他們倆就是一對饕餮之徒。

愛不釋手的摩挲甚久，「二娘子這心思……不是奪天，是逆天吧？」

木釵硬琢出溫潤玉質。

二娘笑得非常得意，卻要把匣子蓋上，他好奇了，阻住她的動作，「這個呢？莫不是太好，二娘子小氣了吧？」

「不是，這個太過……」二娘想阻止，卻已經讓名默奪了去，甫觸手，他轟的一下立刻滿臉通紅。

二娘掩著嘴吃吃的笑，最後伏案捶桌。「所以才不給你……那是美人肌。」

是的。令人臉紅心跳的美人肌膚，害他僵住不敢多撫。捨不得不要，又真不敢要。

※風鐸&占風鐸，皆為風鈴古稱。原作為測風工具，佛教傳入後，多懸於佛寺寶塔簷下。

花團錦簇的目賞眾多，但能用木釵達到觸賞有幾人？

僅僅是木釵。

二娘笑夠、得意夠了，還是將兩釵都收入匣子，「算了，我戴著不成樣子，都給你了。難得你我以饕餮知交，又能欣賞我這手藝的妙處。天下有幾人懂觸賞之美？你放心用，丟了也不怕人查。以後我雕釵子也有去處，省得我這門手藝只能孤芳自賞。」

難怪她的手有細小陳舊的傷痕。名默恍然。不知道下了多少工夫，不惜女子最寶愛的一雙手。

「你若不嫌棄木梳粗陋，有好材料為你琢磨一套也使得。現在流行的屐鞋我也勉強。」說到她的專長，她溫雅的面孔變得自信光燦，「簪釵雖為我所長，我卻不僅限於簪釵。需要什麼你儘可道來，我備著當回禮等著呢。」

這樣的二娘子，真令人不敢逼視。

名默垂下眼簾，重新綰髮換上如玉木釵，「放心，」他揚眼一笑，心情莫名的晴朗，「我絕對不會跟妳客氣。」

回去以後，拿起似玉饕餮簪把玩，名默難得的露出一絲笑意。

這是怎樣的逆天巧工。

難怪需要一整個冬天才得這兩只……瞥見匣裡的那只美人肌簪，靈光一閃，他取出細觀，簪稍卻是寥寥幾片桃花瓣紛飛，不是饕餮紋。

原來，如此。

這只美人肌並不是要打磨給他的。而是她口中那個風流浪蕩卻終生以禮相待的「安哥兒」吧……

坦白說，真不知道是什麼滋味，似酸楚、如遺憾，甚至有點悶悶的不開心。不敢深想，再深想就覺得是污穢和陰暗……最糟糕的一種情緒：忌妒。

胸口悶得透不過氣，一種非常陌生而強烈的不適。

實在，奇怪。不過是個夢裡人，他會這樣泛酸……像是小時候，發現頭兒不是他一個人的，那種說不出來的惶恐和驚慌。

醒醒吧。他勉強撫平煩躁。你早不是孩子了，還會想爭寵……幼稚。

但他現在真的想把這只美人肌一把火燒了。

這種陌生的「獨占」讓他很難受，最終還是把那只美人肌簪用塊布包起來塞進匣子裡，眼不見為淨。

撫摸著如玉饕餮簪，心緒慢慢的平靜下來。然後覺得自己很可笑，而且莫名其妙。

第二天，他來得很早，幾乎是早膳剛過就來了，拎著嫩柳生翠的小籃子，裡頭是乾荷葉細裹的數個小包，還有一個封著的小竹筒。

「剛吃過飯呢。」二娘詫異，「你怎麼掐著點來？」小婢老媽子剛走不久，門才鎖上。

「許家作息我瞭若指掌。」名默漫應，「這我不敢稱京城第一，給二娘子品評吧。」

二娘狐疑的接過柳籃，解開金黃色的乾荷葉，呆了一下，「金盤膾鯉魚？」不禁失笑，朝著薄薄的魚片吹了口氣，果然欲飛。

「在夢裡乾坤，這叫生魚片。」她露出懷念的神情，「可幾乎都是海魚，淡水魚很少作成這個，因為……」怎麼解釋環境污染和寄生蟲？「沒這麼好刀工。」

金黃色的荷葉上面擺著雪白通透的魚片，非常賞心悅目。

「生魚片？」名默笑了，「也太直白。」

他將小竹筒的沾料遞給二娘子，還有雙竹筷。

二娘很愉快的品嘗，雖然和她曾經吃過的生魚片大不相同，但別有妙趣。真的，三成看食材，七成看刀工。刀工不精很容易出魚腥，吃不出爽利反而羶臭不堪。夢裡乾坤食材刀工不佳還可以用山葵醬硬壓下去，但大燕所用沾料卻是薑蒜韭醬等所調製，有一點腥味……尤其是河鮮的鯉魚，刀工不行就完全不能過關。

「難怪你這麼早來。」二娘稱讚，「你趕早市去了？」

「早市才有上好的活鯉。」名默點頭。

「的確很好，但就是片得太薄，過精的刀工還是太求全。」二娘笑得溫潤，「京城前五應該有……但這沾料調得極好。」

好到……有點恍惚，勾起曾有過的回憶。只是那時不是拿來沾膾鯉魚的。

她眼睛一亮，「來來，雖然我覺得不該出現在這裡……但居然有了，我真的很好奇怎麼來的。我以為還在南美洲呢……到了一千年後才會有人食用，而且在歐洲才對。可我看了好幾天了，又出不去，急得我……」

「什麼？」雖然不是京城第一，但京城前五也不錯了，何況他在膾鯉魚上沒下什麼工夫。得二娘子這樣評價已然不錯，而且還知道是他親手膾的。所以二娘子扯著他的袖子指點，他也順從的朝著遠處的市集張望。

看了好一會兒，才發現是掛著紅果的盆栽，擠在一盆牡丹旁邊。

「那是狼桃，不能吃的。」雖然很稀少，但他見過。非常昂貴，雖然兆頭不錯，但不容易活，懂得伺弄的人也不多。

「狼桃？不是番茄嗎？」二娘一拍額頭，「對對，曾經叫做狼桃……不，那可以吃，而且好種得很。我自己就種過，雖然是用保麗龍箱種的。你幫我買來，我弄給你吃……欸欸欸，不是現在。膾鯉魚不能久放，你先吃了吧。」

他笑著接受了二娘子的好意，看她用滾水燙洗用過的竹筷，瞧著他吃的速度慢慢的解包遞食。

自己膾的鯉魚，從來沒嘗起來這麼美味過。

「妳要用狼桃沾這醬？」

二娘子眼睛發光的點頭。

那真的是可以吃的東西嗎？他很懷疑。但還是點點頭，「何必去買那個，我有處尋，妳要幾個？這醬已經沾過魚腥了，還是重作為好。」

襄國公府奇花異卉甚多，京城有處別院就有一片狼桃，摘幾個不難。摸進襄國公府很麻煩，但別院幾乎沒人去，不過是誇富炫耀之地，少幾個果子也沒人追查。

不過二娘子那樣殷切期盼，所以他下午就弄好了醬料，帶著那幾個鮮豔欲滴的狼桃過去了。

她果然睜大眼睛，捧著那三個狼桃，滿眼懷念。「……番茄，真的是番茄。怎麼會出現在大燕……十七世紀才有人嘗試著吃看看呢。」

只見她俐落的去蒂洗淨，挑了一把最利的小刀，切成幾瓣。原來是漿果，刀快如斯，居然沒有汁液流出。但看她挾起一瓣狼桃沾醬欲食，名默還是緊張了一下，「二娘子！」

她卻擺手，放進口中。「沒有改良過，酸了點……但還是非常好吃。」笑靨如花般，「官爺，你瞧我也沒中毒……嘗嘗看？」

什麼樣的果子可以沾醬食用？就算沒有毒……可二娘子吃的那麼心滿意足，他還是學著她的樣子，沾醬吃了從來沒人拿來吃過的狼桃。

偏酸而甜，卻被醬引出額外的芳甘，止不住筷子的一瓣吃過一瓣……驚人的美味。

他有些迷惑的看著二娘子，她笑得很美，但又感傷。

「這還是安哥兒帶我去台南時吃的。其實番茄通常是生吃，不然就是做湯、炒蛋，這種沾料生吃的法子，還是台南獨有的……安哥兒那吃貨，巴巴的開了好久的車，就為了帶我去吃番茄……蠢蛋一個。」

名默突然覺得，狼桃沒那麼美味，嘴裡甚至有些發苦了。

沉默良久，他慢慢的開口，「那只美人肌，不是我的。」

二娘詫異的看他，神情空白，漸漸悽楚，終究平靜，「我說呢，怎麼會給官爺琢了一只不適用的簪……是我誤了。」她輕笑，「真是，怎麼會這樣。就算給了安哥兒那只美人肌，他們那兒都尚短髮，要簪在哪啊！我在想什麼……」

這大概就是所謂的，潛意識。與官爺為友，難免就會憶起安哥兒。

名默將頭一別，語氣生硬，「我明日就給妳送來。」

官爺生氣了？二娘子瞠目，看他少有表情的臉孔卻抿緊嘴角，她不禁噗嗤一聲，越發覺得好笑，所以她大笑了。

不管是這邊還是那邊的男人，都是一個樣子。

看官爺越發惱怒，兩頰暈紅，二娘勉強忍住，扯了扯他的袖子，「莫惱莫惱……也不要覺得不好意思。我不是一個知交而已。其實跟我處得最好的不是安哥兒，真正能天南地北談得上話的，是南南……南南對我發火，安哥兒也衝我發脾氣，我懂得……」

誰說友情沒有獨占欲的？有的。誰不希望在另一個人心目中是獨一無二，最特別的那一個？

剛開始是很詫異，甚至很惶恐。她甚至乾脆誰也不見，省得大家不愉快。本來跟男子相交為友就不合禮數……最少不合大燕的禮數。她也害怕萬分珍惜的友情是不是變質。

後來漸漸明白，不是那樣。不是她一個人自作多情的珍惜，其實知交們也很珍惜，只是希望自己占有比較重的比例……一種，有點可憐又可笑的獨占欲。

她設法說明這種糾結，官爺應該是聽懂了……畢竟他是個少有的聰明人。

「……伯牙也只為鍾子期碎琴。」名默沉默很久，才有些尷尬的說。

「我們這種饕餮之徒，頂多只能碎碗折筷。」二娘調侃。

名默被她逗笑了。

他真覺得自己小心眼，莫名其妙。硬扯到伯牙碎琴當藉口。「為什麼不是南哥兒？既然真正說得上話的……這很難。」

二娘感慨了，「是呀，為什麼？這麼合拍，能夠跟得上我的思路，同我引古論今，如跟官爺般同步協調……」她有些寂寞的一笑，「他有女朋友啦，後來還結婚……成親。既然如此，我怎好去占他的時間？能有多的時間，還是陪陪妻兒為好。我多占一刻，他的妻兒父母就少一刻，人的時間和精力是有限的。」

起初懵懂，不知道分寸，差點害人家家庭鬧革命，流言四起。對她來說，是很可怕也很傷心的。一朝被蛇咬，十年怕井繩。

後來花了很長的時間才想明白，或許在還不明白前就直覺得如此做。

「知交再好，終究跟他過一生的是妻子。」二娘淡淡的，「我若是男子，就沒什麼問題，可惜我又是異性。我跟安哥兒能善始又善終，其實也只是在我明白之前就明白了他與我相似，都是滄海一浮萍，同病相憐耳。」

不是最知己，但卻放不下。他每次成親其實都不太贊成，因為她很明白安哥兒內心那個洞不是任何一個人能補滿的。

所以她會疏遠些，默默的祈禱，但總是不出意料之外的看著安哥兒遍體鱗傷的回來。所能做的只是默默陪他喝咖啡吃飯，偶爾半夜睏得要死的時候接他電話。

「是呀，」名默無奈，「二娘子為什麼不是男子？」

「投錯胎啊。」二娘喟嘆，「其實我若能與女子知交，就沒什麼問題……偏偏我與女子總是處不好。我對首飾服裝明星楚腰一點興趣也沒有，我憎恨八卦流言，更憎恨甜食，與女子毫無話題。」

她沉默了一會兒，更無奈的說，「我在深閨已經受夠了這些婦人瑣碎。」

「才高志遠，卻碎翅斷翼。」名默淡淡的。

二娘子抿緊了嘴，仰頭望天，才沒讓眼淚流下。果然官爺是知己，明白得這樣透徹。

她從不輸任何人，那邊做過評估，智商遠高於一般人。但不管是二十一世紀還是大燕，她都陷於性別這樣的苦楚，只是輕重而已。

「但生為男子，也並不自由。」名默語氣更淡，「二娘子說得對，只能順命。可順命，倒也不全是壞事。不然也不能遇到二娘子同為饕餮之徒……還能有個樓可以來。」

二娘笑了。

「我在那邊，姓劉名翠樓。」她又恢復慵懶的笑，「其實我媽……我娘是要取名翠柔，結果我爸……我爹高興昏了頭，去報戶口的時候弄錯了，變成翠樓。結果一語成讖，大夢覺醒，真的留了翠樓，再不得歸。」

被父母相當寶愛吧，才取了閨名。

「我原名柳寧。」名默沾了點茶水，在案上寫著，「我出生時老家柳江氾濫成災，祖父取名希望柳江永寧。」

「淮南柳江？我只知道柳江桃花魚。」二娘神往。那可是千山萬水外的傳說美味。

名默輕笑，「誰知道？說不定有一天，我能與翠娘子一起去品嘗一下。」

之後，基於某種默契，名默沒將美人肌簪送回，二娘也開始避談安哥兒。

有時候名默想起來，會覺得這種默契很微妙。無須言語，就能體會彼此的想法與相順。

二娘子不是時時有談興的，他也不是次次都帶吃食遮手。很多時候都是相對緘默品茗，或者沉默的共賞街景。

卻是一種閒適的安靜，而不是相對無言的焦躁。

身為暗衛，實在有太多不可說，但二娘子從來不曾詢問過。若談興起，多半說得是夢裡乾坤的過往，讓他啞然失笑的是，才高志遠的二娘子，在那荒唐自由的黃粱一夢發憤自學了四書五經，加上為官和琢釵，幾乎沒什麼玩樂閒餘。

「那邊為官年年考策論嗎？」他覺得有趣。

「不，那邊的學子已經嫌棄孔孟是故紙堆了。」二娘遺憾，「其實自學很方便，我自學這個……只是不甘願而已。我在大燕……年幼時啟蒙，別人千字文還沒搞懂，我已經將論語倒背如流，羞殺比我大許多的堂兄。」

她低頭輕笑，「然後我就被趕出書房了。會學那些……我只是不甘心。後來證明，我的確是該不甘心的。君子六藝，我也可以。」

「禮樂射御書數？」

二娘傲然點頭。雖然「御」她用開車代替，但的確是嫻熟的。

「別告訴我，妳會射箭。」

她笑了，臉孔紅撲撲的。「……會。準頭不太夠吧……而且是年紀老大都為官了才硬去學，只會射定靶不會射飛靶，但總是會了。只是他們的弓更細緻精準，這邊的弓我還沒機會摸。」

這個「射」，倒還是可以暫時存疑。但是「書」，倒是令人驚奇的恢弘開闊，渾重厚實。時人皆愛俊秀楷書，她卻寫得一手端凝隸書，偶有篆體。

有時看她寫就會技癢，對於名默的草書她倒是很讚賞，只是直言，「個性所限，不狷狂不為草，我寫不出來。」

回首前塵，她自己也會覺得好笑。那樣難得自由的時代，她卻埋首在其實沒什麼用處的故紙堆，每天還要花一兩個小時練書法，每個禮拜兩個晚上學琵琶。

只是為了一個，不甘心。

一天的時間實在不多，扣掉上班八小時，睡覺八小時，她剩餘的時間少得可憐，幾乎是自我鞭策的填滿。小說？動漫畫？別亂了，哪有那個美國時間。她只有假日會讓自己懶一下，看看美劇。

大概是太格格不入了，所以對人類很有興趣，她愛看的不是傷風敗俗的情愛劇，而是犯罪偵查類。大概是她不了解謀生如此容易的社會，何以會有那麼多罪案發生。

但終究還是假日的休閒。

這些她都當作一種笑談而論，名默總是聽著，甚至聽得很入迷。他幾乎要相信真有那樣的地方，沒有至高無上的皇帝，一切都自由自在，無限可能。

說不定是存在的。說不定千百年後就會是那樣。可惜了，他連夢裡略窺都不可得。

「我知道你不相信。」二娘懶懶的笑，「我以前也覺得只是……虛無縹緲的幻夢。」她眼神帶笑，卻是一種滄桑，「但我……從來沒臨過隸書。我是說，在大燕。我也不會篆書，更不會刻印。可我現在都會了……多奇怪。」

「森羅萬象無奇不有。」名默沒有正面回答，「只是我沒經歷過。」

他們的爭論大約就是這樣，一笑而止。

從春而秋，其實他們幾乎十天半個月就有幾天相見。也該然如此。畢竟最年長的兩個王爺，一死一瘋，表面暫時消停了。所有的結黨營私，都轉入地下，明面上的互咬，都是皇帝和皇子們的黨羽爪牙交鋒。

雖然被困在高高的閨望樓，二娘還是心知肚明。畢竟這只是很簡單的，相似的歷史軌跡。

皇帝不到半百，而皇子總是長大得太快，數量又太多。

「天將傾而腥風起。」二娘感慨。

「那又與妳我何干？」名默回答得很冷酷，「我不過是個暗衛，妳也只是個平民娘子。」

「興，百姓苦。亡，百姓苦。」她喟嘆，轉為自嘲，「罷了，的確與我無關。天傾樓塌，我到底有個了頭。」

「可能等不到天傾我就先亡了，的確無須去煩惱。」名默扯了扯嘴角。

對於政事，也就點到這種程度而已，後來二娘真的討了一把琵琶來，雖然一開始不太習慣，終究相差不遠，整個豔陽盛夏，午後的錚錚琵琶響，隱隱約約，悠悠蕩蕩，常使行人駐足聆聽。

緘默了近三年的許四奶奶、徐二娘子，開始有動靜了。

「妳打仗呢。」如履平地的走過摔死蜻蜓帶曝屍的琉璃瓦，名默含笑的問。

住了琵琶，二娘吃吃的笑，「我只喜歡這種調調，金戈鐵馬，不好？」

「這麼熱的天，血脈太賁張總不太好……」名默搖搖頭，轉而調侃，「許徐兩家坐立難安，心火加暑氣，更不好。」

二娘一輪指，「沒事兒。這是為他們好，積在肚子裡，不如發出來敗敗火。」她唇沁譏諷。

誰讓這些蠢貨軟土深掘。吃了三天餿了的豆腐，故態復萌。她終究不像這兩家那麼沒招，總不能只會摔盤子。

討要琵琶的時候，他們倒是送得挺快……吃定她不會彈。也對。她在徐家當姑娘的時候，琴棋書畫都會點兒，可從來不會彈琵琶。在許家當四奶奶的時候，倒是一路淪落到廚房蹲著學會燒火，也沒有時間風花雪月。

「來來去去就這一曲，我都聽熟了。」名默伸手。

「你會？」二娘揚眉，「我真想知道你有什麼不會的啊官爺。」

「翠娘子不知道大燕讀書人是歷代最不好混的嗎？」名默也學她挑眉，「我也想知道，翠娘子還有什麼不會的。」

二娘笑笑的把琵琶和撥指遞給他，名默擺手不要撥指，試音調弦，一拍無誤的開始彈。

果然行家一出手，便知有沒有。

當初她學這首〈十面埋伏〉學得差點吐血，學了半年還是結結巴巴，彈了一年多才勉強有點樣子，但真正說到能演繹，還是她在那邊病死，沉澱兩年，心境才算到位，才讓純熟如機械般的指法發揮出情感。

但她真的還是……太嫩了。畢竟她兩次生死都太小家子氣。不像在生死血腥中打滾過的官爺，真正硝煙戰塵撲面而來……

讓人熱血沸騰到狂躁的地步。

她低頭研墨，飽熏狼毫，一直寫不好的草書，由樂引發心田，狂然而至。

「我欲攀龍見明主，雷公砰訇震天鼓。

閶闔九門不可通，以額扣關閽者怒。」

那個「怒」字，囂張得幾乎破紙而出，憤然出心。

正好是最後一響，心跳得幾乎跳出胸腔，汗流浹背。

只有一個字可以形容：爽。

擱下琵琶，名默看著酣暢淋漓到狂亂激昂的這幅草書……心底只有兩個字：痛快。痛快的字，痛快的詩。

「可惜了，該高歌擊缶書之。」名默有些扼腕。

「差不多就行啦。」二娘哈哈大笑，「我酒量很淺，而且討厭喝酒。馳馬宜琵琶，你有什麼不滿？」

「翠娘子居然工詩。」

她擺手，「別鬧了，我哪會寫詩。這不是我寫的……你聽說過李白這個人麼？這是他寫的〈梁甫吟〉。」她露出可惜的眼神，「很長很有味道的詩，可惜我只記得這幾句，中間不知道漏多少。」

「李白？」名默仔細想了想，搖搖頭，「沒聽說過。」他覺得更可惜，「大燕取士重策論輕韻文……如此才子居然沒沒無聞。」

二娘苦笑，這怎麼解釋？如果沒有大燕，就會有隋唐，詩仙李白就會誕生了。

真遺憾，當時只讀了兩次，沒能全部背下來。早知道會回來就把李白詩集背個滾瓜爛熟，官爺必定會很喜歡。

名默看她滿面通紅，顯然有些亢奮過度，暗笑著遞了竹筒，觸手冰涼。

「差不多就行啦。」名默戲謔的學她的口吻，「京城第一的紫蘇酸梅湯。難得他們家有用冰。喝吧喝吧，天天在那兒戰火燎原，翠娘子才該敗敗火。」

二娘笑嘻嘻的拿出兩茶碗各倒一杯，「以湯代酒，謝官爺賞曲。」

「謝翠娘子賞詩字了。」

清脆響杯，蟬鳴翡蔭，珠簾深深，滿沁著冰涼酸甜入喉，靜消暑夏。

夏天剛剛過完，名默又出差了。

來自來，去自去。名默已經習慣二娘的態度，或說相交經年，了解彼此的身不由己，什麼都沒有，剩下的只有自棄的順命、豁達。

至於怎樣的腥風血雨、污穢骯髒，他不願說，二娘子應該知道，卻也不會問。

如此，甚好。

所以他沐浴櫛髮後，細心包紮，若無其事的去見二娘子。沒想到書肆外錦帳處處，多家守衛暗中護持，雖然對他沒造成什麼妨礙，但還是有點警惕。

秋已暮，飄紅繼霜。非節非時，這些顯然出身名門貴裔的公子老爺來此為何？

熟門熟路的躍上窗台，詫異的發現二娘子的桌案收拾的乾乾淨淨，卻有個甜白甕瓶插了幾朵拳頭大的金菊，澀然的微香飄動。

幾時許徐兩家會待她如此之好？

抱著琵琶，二娘朝他點點頭，「回京了？」

名默自己也不知道的微彎嘴角。一個字也沒說，她就知道自己出京辦差。

「你若在京就不會覺得奇怪。」二娘淡淡的解釋，「財帛動人心……我再不出個聲氣，沒沒無聞的被宰了，那可不成。這個恐怖平衡，還是得維持下去。」

她自嘲似的說，「所以，得創造一點價值。」

破玉劈石般，她粗暴的在琵琶上猛然一晃，樓下模糊的騷動為之一窒。

整個夏天，她都在設法熟悉古今琵琶的不同，直到能夠運轉自如。她的樓裡禁書很多，也有不少孤本殘本。認真淘摸，還是可以淘出幾本琴譜。

琴譜改琵琶曲聽起來很荒誕，但她終究不是墨守成規的人……或者說，她終於勘破兩世的模糊界限，在心境上猛上了一大階。

樂之一道，除了天資外，其實更需要心境上嚴酷的磨練和更多的人生經歷。技法不過是基本，而她於技法的確只是平平，但曲意卻高出許多。

尤其是她棄閨閣幽婉而尚金戈鐵馬，足以使尚氣重節的燕人高看一眼，「不小心」飄落樓下的字帖幾乎轟傳一時，傳摩者眾。

「男兒何不帶吳鉤，收取關山五十州」。就這麼兩句詩，幾乎破紙而出的凌厲，結構完整卻極度嚣張的隸書，真難以相信是出自商戶年輕寡婦的手筆。

現在她彈奏的就是〈破陣曲〉，卻不是大燕流行的版本，而是更古老、甚至難以分辨真偽的琴曲，孤軍直入，置生死於無顧，孤臣孽子悲憤之意沖天，千萬人獨往矣。

聽得人呼吸急促、心跳如鼓，只覺得血脈賁張，最後如割斷敵喉的一響，嘎然停止。

好一會兒，萬籟具靜，唯有秋風颯颯。

之後的讚美叫好，二娘根本就不在乎，只把琵琶隨意一擱，朝名默使個眼色，就閒然的搬出整套茶具，名默摸摸鼻子起炭烹水，看她擺弄功夫茶。

「都燒了麼？」名默有些可惜的問。

「嗯，燒了。」二娘點點頭，「除了流傳出去的那幅字，其他都燒了。」她浮起一絲歉意，「連你寫的我都燒了……實在抱歉。」

名默搖搖頭，「原是遊戲之作……留著只是麻煩而已。」沉吟片刻，「這樣大張旗鼓……沒問題嗎？」

「有問題啊，當然。」二娘淡淡的笑，「但比起被悄悄弄死，這問題就顯得微不足道。現在知道我的存在的人……就不僅限許徐兩家了。我突然暴斃了，會有很多人關注。」

所以，才發如此悲憤怨望之音嗎？

「這不是個好辦法。」沉吟甚久，名默淡淡的說。

「嗯，如果哪個公子老爺腦筋抽了，要討要我去，的確是才逃狼坑入虎穴。」二娘點點頭，「但我是個寡婦兼棄婦，到底是晦氣。再說我相貌平平，從不作閨豔靡靡之音……對於『貞烈才女』，可遠觀而不可褻玩焉。」

她語氣有些諷刺，更多的卻是無奈。

可以的話，她是很願意當豬一樣被圈養。但是被圈養的豬早晚會被宰來吃。她很敏感的發現，來送供給的婆子和小婢衣著首飾都上了好幾個檔次，對待她卻好得有點心虛害怕。

恐怕那座荒山比她想像的出息還高許多……多到恐怖平衡維持不住了。

幸好她看過《夏綠蒂的網》。童話故事有時候還是管用的。

「……翠娘子，妳不能再待在這兒了。」名默聲音緊繃。

二娘笑笑的搖搖頭，心平氣和的將剛泡好的二道茶放在名默面前，「官爺，我到底也在生死打過轉兒，不是那麼容易引頸就戮。您不要為我做什麼……染上恩情功利，那就沒意思了。」

「其實是我沒辦法護妳周全吧？」名默不無苦澀的說。

人太聰明也是很麻煩的事。二娘默默的想。這個閨望樓，一方面幽禁她，另一方面卻也保護了她。不然一個娘家不得靠的寡婦兼棄婦，除了青燈古佛，真的沒有其他退路。

可惜了，佛門也不是淨地。許多尼姑庵簡直是明擺著的娼門，她還有基本的禮義廉恥。

「你我都是朝不保夕之人。」二娘淡淡，「那還有什麼值得怕的？」她露出狡黠的笑，「但也只是看起來朝不保夕，終究不是必死之局。」

名默沉思良久，點點頭，「不到最後，鹿死誰手未可知。」

終究名默還是用他自己的方法暗查了，的確，許徐兩家沒膽子用一驗即知的毒藥，卻在米飯裡混了最小號的牛毛繡花針。直到二娘子聲名鵲起，才慌張的停止這種暗算。

難怪她瘦了那麼多。風刀霜劍嚴相逼。

二娘卻只是笑，「官爺你沒事幹了？這有什麼好查的？我又不蠢。他們來來去去就這麼幾招，沒什麼。」她反過來端詳名默，「官爺你才清減許多。出了什麼事？」

名默啞然。想為她做些什麼，反過來卻被她識破。

「李家……李尚書家尚有血脈，已經認祖歸宗。」他語氣很淡漠。

二娘皺眉，李尚書家女眷都自縊身亡了，滿門抄斬，哪來的血脈……？「比你大嗎？」

「比我大三歲。」名默冷冷的笑，「外室之子。族裡早已承認，恩蔭同進士出身。」

奸生子得恩蔭，嫡出子卻在當君王鷹爪，見不得光。

「我……七歲前的記憶，不要了。」名默慘澹一笑，「我還是記得最美好那一幕就行了。」

他真的不想查也不敢查了。他的母親那樣壯烈的自縊而死，但父親的姨娘、外室，許多都健在，而且活得好好的，外室甚至母憑子貴。

二娘默然無語，解下她的披風，披在名默的身上，掖緊了。她一個字也沒說，只是坐在他身邊，但名默卻感到莫大的撫慰。

「我本來想跟妳講，下繡花針的主謀，誤食巴豆，已經瀉得起不來床。」他失笑，「結果反過來被妳安慰。」

「就跟你講了，你是為天做事的人，別管我這些雞毛蒜皮的小事。」二娘的語氣有些無奈和好笑。

「我在一日就護妳一日。我知道憑妳的聰明才智不把那些蠢貨放在眼底……總容我合情合理的撒撒氣。」

「別鬧出人命。」二娘淡淡的，「鬧出人命很麻煩，容易被追查首尾。」

「妳心腸太軟。」

「不是。」二娘更淡漠，「那幫蠢貨死光我也不會掉一滴淚。但因為那些豬狗不如的東西連累了官爺一絲半點……這才是我覺得最重大的損失。」

名默沉默了。

他一直以為，自己寡言卻善言，但面對二娘子……頭回感到窘迫，口拙唇笨，不知道怎麼回報她純粹的體貼和善意。

結果就是……他連送了十天補湯。二娘實在很想告訴他，現在聞到補湯的藥味都會怕了。

「你還是把雞肉送來就好，再來幾朵香菇，還有薑和鹽。」二娘無奈的說。

就用那個小炭爐，二娘燉了一小鍋香菇雞，略鹹，可以泡著飯吃。一直沒什麼胃口的名默吃了一整海碗的湯泡飯，雞肉也幾乎都下肚了。

「吃得下飯，人生就沒過不去的檻。」二娘點評，「藥膳不如食補。」

名默訕訕的笑，很純淨，甚至有點羞澀。看起來卻越發呆書生氣，引得二娘也覺得好笑。

等名默回去以後，趁著昏黃的落日未盡，二娘飽熏清水，在白牆上練字。

坦白說，她的字不算太好，只是練隸書的人少，苦練三、四十年的人，更少。她會重頭撿起來，其實是驚夢後的緬懷，一種類似鄉愁的餘韻。

真實卻無人知曉、無人驗證的額外一生，所有的點點滴滴。

曾經畏縮恐懼，最後終至平靜適應，回想起來，終究是和風細雨、風平浪靜的歲月。

起初真的只是緬懷、重溫，撿起筆，撿起練得平平的琵琶，懷念並且悼念僅有她個人知道的異世。

不管是那一生還是這一生，她總是喜歡那些沒有用處的東西，埋首其間而樂此不疲。

倒是沒想到，無心插柳，她以為永遠無用的喜好，還是在關鍵時刻間接的救了自己一命。

白牆淋漓，餘暉中，「欲飲琵琶馬上催」寫得激懷忿恨，不復那世中和清平，老師總說她的字太拘謹，失了情感。不知道老師若看到她現在寫的，會怎麼評斷。

大概會把她罵一頓吧？

但怎麼可能沒有恨呢？

她垂下手，望著一點一點乾涸的字。若不是送飯的小婢太過緊張，讓她看出端倪，她可能就莫名其妙的死了，過程一定痛苦不堪，而且漫長。

那是一小截一小截比米飯還細的牛毛針頭啊。沒有用布濾過，她連湯都不敢喝。這麼蠢的主意，肯定不是許家出的。是她的娘家要她的命。

也是。休書在娘家手裡，只是婆家鬧著不肯去官府登錄。所以她到現在，還處於妾身未明的狀態。

但她終究不是死人。也不是只會扔盤子。

比起扔盤子，她更明白「失手」一張字帖的份量，更了解琵琶的動靜能強到什麼程度。

之前彈著玩的時候，已經有人傾聽了。剛好她喜歡的曲目都是金戈鐵甲般的慷慨壯烈。的確她彈得不如官爺，但她明白了悲憤和強烈的恨意，只要渲染夠深，就不怕傳名不遠。

因為她的身分，不過是個商戶少年寡婦，深居在閨望樓。但她的字、詩與曲，卻完全反其道而行。

許徐兩家絕對不會允許她出來見人，但這樣更好。人總會在心底描繪最美好的形象，加諸在一個閨望樓「貞烈才女」的身上。

現在求墨的人越來越多，她卻愛理不理，求曲的更多，她卻逢五只奏一曲。這樣不識抬舉，反而給自己一層神祕而安全的面紗，也阻嚇了想要她性命的廢物。

這就是身分上的差異啊孩子。

許徐兩家，不過是商戶。而那些附庸風雅的，非官即貴。惹得起哪個？別鬧了。

當然，這是在刀尖上起舞，她很明白。這些名為至親卻得念做豺狼的玩意兒，就逼過她給赭大學士寫幅字兒，不寫還餓了她一整天。

結果她是寫了，聽說收到字軸的赭大學士大發雷霆之怒，派人來砸了招牌，遣個體面嬤嬤隔門致歉。

她也沒寫什麼，就寫了「落花猶似墜樓人」，狂草。

砸，當然必須砸。不但要砸，還得跟她道歉。不然這個「剛烈」的寡婦想不開真的從閨望樓跳下去……御史不是吃乾飯，好好個風雅事最後成了官逼民死……那真的禍事了。

但若只為出這口氣，她就白白在異世打滾了四十來年。所以她很認真而平和的用篆書寫了「君子以行言」主動送給赭大學士，圓了過來。

一方面暗示她在家處境並不好，對赭大學士非常感激，一方面不動聲色的讚美了赭大學士為她這苦命人撐腰的君子之行。把椿幾乎撕破臉的禍事變成美談。

嗜字如命的赭大學士果然非常吃這套，很美的把她寫的兩幅字掛在書房。巴不得人問，人問起還很矜持的再三嘆息，說雙十少婦能有這樣剛烈錚錚的筆骨，殊是不易。

所以只能求墨，重點是「求」。稀少才有珍貴的價值。除了她「失手」的那幅字帖，也就赭大學士書房掛了兩幅。再來？

對不住。於婦人而言，書法，小道也。曲藝，遣懷而已，亦小道也。

對她來說，讓許徐兩家忌憚，能安心吃飯睡覺，這才是真正的大道。目前看起來，於她所算計並無太大的偏差。

隔天名默再來時，二娘給了他一套木梳。

「象牙？」他笑了。二娘子總是能給他驚奇。

「這才是我本行。」二娘輕嘆，「大燕的本行。君子六藝……不過為了沽名釣譽，絕處求生罷了。」

「也是。」名默自嘲，「我的掩護也是屢試不第的舉子。」

「難道是憑真本事考上京畿舉子？」二娘半開玩笑的問。

「那當然。」名默很不當一回事，「我十三歲考中秀才。舉子而已，沒什麼……名次還挺靠後的。不過是為了個能細究的身分，方便在京城行走不被起疑罷了。」

……孩子，你知道京畿什麼試都是頂天的難麼？你這話出去說鐵定被人一路追著打。

此時他們正坐在窗台，各據一方，零零星星還有幾個錦帳未撤，人來人往。

「翠娘子……妳在規劃怎麼出樓，是嗎？」名默驟然開口。

跟聰明人打交道，不知道好還是不好。

「嗯。」二娘點點頭，「廣撒大網中。今年輪到我娘家探勘……恐怕頗有斬獲。再不謀劃，只能坐以待斃。」

緘默片刻，名默慢慢的說，「徐家偵查到一條孃美藍田的豐富玉脈。」

「原來如此。」二娘卻沒有驚訝的樣子。

「妳想名動公卿的時候伺時出家？」

她笑了，「官爺就是這點討人嫌。」二娘很大方的承認，「最少不會去到不三不四的糟污地方，能去靜慧庵最好。」

歷代后妃出家的所在，防衛森嚴，閒雜人等插翅也飛不進。名默卻覺得胸口一悶，說不出的難過。「進了靜慧庵，妳我恐怕相會無期。」

二娘也是一黯，「我沒有其他後路。」

「我來想辦法。」名默衝口而出。

二娘笑了，輕輕拍他胳臂，「心領了。但知己不是拿來使喚的……你真當我是朋友，還不如開開心心的同我有一日歡笑一日，保重性命。人活著就有萬般可能，死了可就萬事皆空。人不都說，『海外存知己，天涯若比鄰』？與其憂慮那些有的沒有的，不如嚐嚐我燉的瓜仔肉……我可是發了好一場脾氣才弄到食材。給我的還三像四不像……吃個新鮮吧。」

不管多麼貧乏，二娘子總是能翻出新花樣。雖然她自己萬般嫌棄，米飯也是冷的，但拌著吃卻又香又鮮。

只是想到她的退路，名默頭回失去了胃口，吃得比二娘還少。

初雪紛飛，闔望樓上了明瓦隔板，彩棚這才撤盡。好不容易把心放進胸腔裡的許徐兩家，卻被如雪片般飛來的帖子驚得幾乎跳起來。

都是京城裡非官即貴的才女娘子，邀請徐二娘賞雪觀梅的各色宴會。

扣起來？當沒這回事？你瘋了不成？這都是達官貴戶的內眷千金，不管是徐家還是許家，雖然有點錢財，終究是四民之末的商，誰也得罪不起。

能夠不讓去，卻不能不讓二娘回拜帖。本來讓自家西席寫婉拒的拜帖，卻被人看破，實打實的砸了幾家老客戶的生意。

意料之中。二娘漠然的看著前任大嫂嘴一開一闔的規勸，和一整疊的請帖，微微彎了個譏誚的笑意，一閃而逝。

老爺公子們可以親臨聽曲，閨閣千金夫人們卻不行。她的事麼……說起來的確頗具傳奇性，被薄倖夫君所休，自縊斷氣又回生，反而薄倖夫君一命嗚呼，從此被惱羞成怒的婆家幽禁閨望樓。

出身微薄商戶，沉寂多年卻一鳴驚人，才名日盛。

人都是有好奇心的，這些名動京城已久的才女娘子更有好勝心。

其實，並不是她有什麼驚世絕豔的才華，或許因為異世累積數十年的基底在，她比那些稚齡的才女們略高一線，但能進入那些達官貴人視線的緣故……不過是她能夠觸動那些人的心弦。

就像是異世那個外國賣手機的保羅先生，能夠用「公主徹夜未眠」的一小段轟動世界一般。

「嗯，我不會去的。我會回帖婉拒。」她冷淡的回答，似笑非笑的看著前大嫂，「只是我在這個時候突然暴斃，不知道是徐家比較惹眼，還是許家比較惹眼？」

許家大奶奶臉孔發青，「四奶奶！妳怎麼說話的？我們許家什麼地方虧待妳？……」

二娘卻緘默下來，充耳不聞的研墨執筆，一張張回著拜帖。書法一般般的就潦草回覆，只有幾個下過苦功的才認真書寫，並且用印：「翠樓且居」。

只以才別，不分門第。

雖然都是婉拒的回帖，卻引起京城一片轟傳。要知道徐二娘子的墨寶有多難求，赭大學士連借都不肯借，只能去他家臨摹，但有幾個人能進得了赭大學士的門？那張意外遺落的字帖被翰林院收了，也是珍重裝裱，看看可以，別想出翰林院的大門。

京城閨秀得到的回帖，可以說是她少有的墨寶。

雖然她這樣差別待遇，難免一個「恃才傲物」的評價，但她一個孀居婦人，的確有傲骨錚錚的本錢……因為她什麼也沒有，更無所求。

那幾個受寵若驚的才女小姐，倒是熱烈的與她書信往來。但只有一個許翰林家的小姐，因為送了她一幅畫，得了她一幅回贈的菊竹圖。

像是一滴冰水濺入滾燙的油鍋，沸騰了。

許翰林家的四小姐，差點跟她老爹鬧翻，因為她老爹將菊竹圖搶了去，天天拿出去顯擺，霸占著不還她了。

名默擠著空來看二娘，半是驕傲半責怪，「我居然不知道妳會畫。」

「我不會。」二娘回答得很直白，「我只會臨摹。在那邊的老師堅持書畫不分家，所以逼著我學。我的畫真的很差勁……那幅菊竹圖是徐渭所作，我只是臨摹多次敷衍老師……講難聽些，我抄襲剽竊了。為了好好活著，我也是很卑鄙的。」

「徐渭是誰？」

二娘啞然，最後悶悶的說，「一個神經病。很有才華……千年後才會出世的神經病。」

名默無言，「所以，快了嗎？」

「春闈吧。」二娘淡淡的，「該收網了，然後光明正大的下樓。」

一步一步仔細的算計，只為求得餘世平安，最後的退路。

沉吟片刻，名默望著她，「那不是唯一的退路。」然後告辭了，這次他來得匆忙，來不及尋什麼京城第一給她。

因為宮裡出了大事，頭兒將他扔去暗衛營淘摸十一、二歲，資質上佳的子弟兩百名。

坦白說，這個年紀的孩子頂什麼用……但十皇子因為「損毀國璽」這個怪異的罪名，年後就要封王出京，發配南都了。

所以說，皇帝是個神經病。八歲大的孩子，哪兒尋摸國璽，還能損毀。更可笑的是，封王應有一千名王府侍衛，皇帝只給了五百，當中還刻意尋十一、二歲的半大孩子兩百名。

被封為順王的倒楣孩子，有命平安到南都嗎？對待自己的孩子，照樣的惡意而陰狠。

不愧是乾打雷不下雨的天子。

他是趁著人選甄別好了，順路過來探探二娘子，就得匆匆回去頭兒那兒覆命。

但他卻沒料到頭兒給他一個晴天霹靂。

「我？」名默不敢置信的望著頭兒，「順王府侍衛總教頭？」

頭兒看了他一眼，「皇上准了。這對你我都好。省得有一天……必須師徒相殘。再說，你一直很想離京不是？」

對。曾經。他曾經非常想離開。但現在……順王遠赴南都，就永遠不可能回京了。

他……再也見不到二娘子。

像是心底的一根琴弦綳斷了，抽得心臟鮮血淋漓，痛得喘不過氣來。

他下意識的摸了摸胸口，是乾的，沒有血漬。怎麼可能呢？他以為受了致命傷，會血如泉湧。

到現在還不說實話。頭兒有些氣悶。光會發呆有什麼用？發呆能把小娘子娶回家嗎？趕緊的，趁迫在眉睫，他這師父還能說上話，把小娘子娶到手，遠遠的帶去南都，生兒育女。

十皇子雖然皮得潑天，卻是個心善的主子。這是他能為這個徒兒兼孩兒所打算得到，最好的前程。

「看起來像是被貶謫，但說不定是好事。」頭兒含糊了一下，沒有明指順王。在吃人的後宮，太心善是活不長的。比起夭折，遠貶實在好多了。「你也知道暗衛現在越來越不成樣子……不要以為你去南都就可以……那個度日哈。那兩百個孩子，是暗衛營最後的苗子。阿默，你是我的關門弟子……」

頭兒神情慎重起來，「暗衛營不能折在我手上，更不能折在你手上。記住了？」

名默抬眼，只覺得又斷了根弦，傷上加傷，眼中出現脆弱和責難，「師父！值得嗎？」

那個昏君值得你這樣賣命嗎？無妻無兒，奉獻終生……值得嗎?!

「你閉嘴。」頭兒沒好氣的喝斥，「經年累月的裝啞巴，偶爾開口就是大逆不道。皇上待我恩重如山，代我報血海深仇，更不說君臣之義……只有你這熊孩子不受教。與其在這兒氣我，你不如把自己的大事趕緊的解決了……趁我還看得到的時候。」

大事？我還有什麼大事？名默惘然的想。

永遠見不到二娘子了。

比二娘子出家還糟糕……他對自己的武功有信心，再森嚴的戒備都會有漏洞，總有相見之時。

但南都！那是千里之外！無詔他是不可能回京的。

比想像的還難過、痛苦。他以為自己早就漠視痛苦……畢竟經常命懸一線。

將她一個人孤零零的拋在京城嗎？從幽禁她的閨望樓到同樣幽禁的庵堂嗎？憑什麼？

他大概知道二娘子打算怎麼名動公卿……他知道二娘子最近都在寫策論。的確，她是女子，不可能科考。但她拋出書法的名聲，事實上就是要引出策論上的才華。春闈放榜前她應該會以書法之名，以策論再次造勢，在聲名最盛之時，自請入靜慧庵出家。

但不應該是這樣。絕對不應該。她沒有任何過錯……只是因為身為女子，就該被逼到這個地步嗎？

模模糊糊琢磨過的另一條退路，漸漸清晰。

那種強烈的痛苦，也慢慢的緩和，能夠呼吸。

看名默提了一串小粽子上樓，二娘忍不住笑出來。

在臘八吃端午節該吃的粽子。

「我以為，只有我才會做這樣的事情。」她調侃，「在文明猖獗的異世自修君子六藝……」

沒去學金融理財，或者學些電腦應用。而是在知識氾濫猖獗的二十一世紀埋首在故紙堆中，練書法練到手指微微變形。

一直，不合時宜。二十一世紀如此，大燕亦如此。

「妳我偕同，皆與世不容。」名默泰然的回答，將粽子遞給她。

幸好是素粽。她一直不喜歡吃肥肉，很奇怪的挑食。但終究還是皺眉，勉強嚥下去，「我不喜歡包栗子的。」

栗子被蒸過就很奇怪，她討厭那種味道。

「以後我會注意。花生可以嗎？紅繩的是花生。」名默撿起她咬了一口的栗餡素粽，很自然而然的吃掉。

雖然已經司空見慣，但二娘還是敏感的覺得有些怪異。

「出了什麼事？」

名默只是微微的笑，笑得很明淨。二娘也沒催促，只是吃了個花生餡的素粽，心滿意足的點頭，看著名默慢條斯理的吃完剩下的粽子。

「我要離京了。」名默很平靜的說，「去南都。我猜，此生都不會回到京城了。」

二娘的臉孔瞬間慘白，未開口就滾下一串淚。猛然低頭飛快拭去，「我忒婆媽了……該為官爺高興才是。恭喜，終能離開這傷心地。」

「翠娘子，妳不捨我。」他語氣很肯定。

「不捨也該捨。」二娘抬頭慘然一笑，「這就是異性知己的壞處，終究要不斷的別離。」

應該習慣，必須習慣。不在這一刻，也會因為不久的下一刻。

「不一定。」見了她的淚，名默更篤定了，「為什麼要捨？只要妳願嫁給我，其他的，交給我就可以了。」

果然，她堅決的搖頭了。

在她開口前，名默就搶在她前頭，「等等，總是妳說我聽。這次，換我說妳聽。我知道妳為什麼不肯……妳自幼定親，青梅竹馬，然而卻是個淒慘結果。事實上，我父母也是。」

終於明白，為什麼他們這對饕餮之徒會是知己。就是心性相似的地方很多，相異的地方很少。雖然選擇面對世間的態度不同，但如她知我一般，我也知她。

「妳我都朝不保夕，妳我都無立錐之地。世道對妳我都艱難苛刻，此去南都，甚至無法保證妳我都能生還。是，妳我都知道該順命，但命是什麼？妳當知我，並不是想施恩憐憫，而是我無法容忍再也無法見到妳。」

名默的語氣漸漸激昂，「妳我都無處可去，無路可走！只不過是名分，只不過是子嗣！那些虛的，與妳比起來，都不重要！妳想要一生清白，我可以護妳一生清白，妳想要自在，我容妳任何自在！」

二娘肅顏正襟危坐，名默也長跪端容。相互凝望，慎重到肅殺的程度。

「但我已縱壞性子，沒辦法給誰當妻，不能宜室宜家。」二娘終於開口。

「我不需要那些世俗。」名默很認真的回答。

是呀。名分而已，子嗣而已。若他此去安順靜好，那還可以思量……但她忘了，他們都是朝不保夕、無處可去無路可走，不容於世，不得安穩的囚徒。

這不是安全的二十一世紀，而是命如草芥的大燕。

命該如此。若死於旅途，終究能善始又善終。

二娘稽首，名默亦頓拜。

「那麼，默哥兒，既然是我要堂堂正正的出樓，就不能全交給你了……得好生商議商議。」二娘露出慵懶又有點惡意的微笑。

「翠娘，不過是財帛。」名默點頭。

「是。不過是財帛，捨了也就捨了。何況你我都用不到。」

對許徐兩家來說，這個冬天，比任何一年寒冷。

高高在上的皇帝，下了道聖旨，猛然劈了一雷在他們頭上。

義婦徐二娘獻藏玉之山以助軍資，賞賜婚於順王府侍衛總教頭李名默，即日完婚。隨著聖旨而來的，還有宮人與太監，浩浩蕩蕩的送上鳳冠霞披和若干賞賜，並且服侍她梳妝，還問她要帶走什麼……全樓搬空都無所謂，人手很足夠。

她只帶走兩個匣子，一個裝著她雕琢的木釵，一個裝著她慣用的工具。

其他，俗物而已。

反正他們都保不住了。什麼都，保不住了。乾打雷不下雨的皇帝，最喜歡充實私庫。藏玉之山引起他的注意了……那麼，許徐兩家就註定了被魚肉的命運。

終於能夠獻上一份厚禮，答謝這兩家對她這些年來的種種「照顧」。

宮制的鳳冠霞披，實在非常沉重。蓋上紅蓋頭，臨要下樓梯時，即使有人攙扶，她卻發現自己沒有那麼勇敢，膽怯了。

走下去就是未知，眼前只有重重嫣紅的未知。

她對自己一笑，扯下了紅蓋頭，挺起胸，謝了攙著她的宮人，不用人扶著，她自己可以走。

邁下一階，又一階。走過曾經深鎖的門，走出幽禁她許久的閨望樓。

冬晴，未雪。

沒有紅蓋頭的新娘在書肆前站定，濃重妝容的對著下馬迎來的新郎，粲然一笑，將手遞給他。

那一笑燦爛如春回，耀眼的無法直視。

鑼鼓喧天中，名默牽著二娘的手，堂堂正正的，出樓了。

（翠樓吟 全文完）

# 大燕二三事

# 饕餮食錄

## 官官相護篇

# 寫在前面

其實我不會做菜。

這是真話，「說得一嘴好菜」跟「做了一手好菜」根本是兩回事，前者說好聽就是筆力，說實在點就是，詐欺。

我承認我就是詐欺。

當然，我會拿鍋鏟。你可以說，我是個龜毛人。我就是很固執的認為，會拿鍋鏟不一定就會做菜。做菜這件事情，雖說有人搞成科學，但我還是比較認為是藝術。

藝術這種東西就是講天分，而我缺乏這種天分。

但我又愛吃。

表面上，我似乎什麼都能下嚥，事實上，我異常挑嘴。我能夠吃便利商店的便當沒有怨言，因為那是維生。但要讓我發自內心的讚一聲好吃，其實是很困難的。

喜歡寫美食文就是因為如此。

人總有記憶中最美好的片段，而不辜負人的，絕對不是愛情，往往是美好的食物。

## 之一　皮蛋粥

這是粥品裡我最喜歡的一道。我家附近有家賣粥的攤子，幾乎把菜單都吃遍了，但是最得我心的還是皮蛋瘦肉粥。

一開始是因為最便宜（笑），後來發現，皮蛋和粥最相宜。

後來偶爾我也會自己做，用電鍋熬粥就行了，而且很偷懶的扔雞湯塊。不過扔整個雞湯塊真的太鹹，往往只扔四分之一，等粥好了，將切碎的皮蛋扔進去就行了。

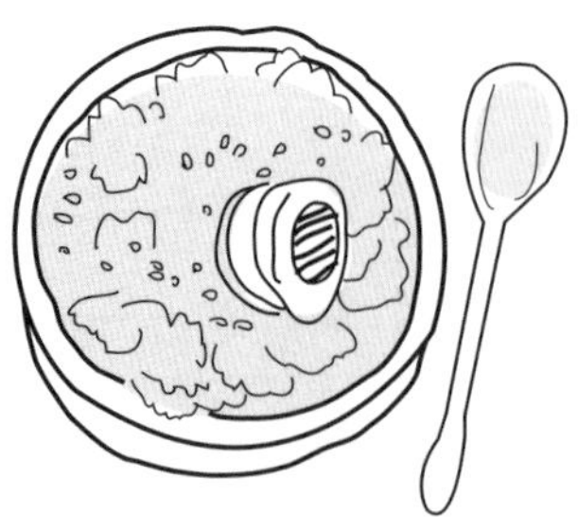

# 之二　紅燒蔥

我本身就喜歡吃辛料，蔥蒜薑啥的都非常有興趣。至於為何會拿蔥來紅燒，說來算是有個小典故。

早年我在玉里依公婆（前任）生活過，婆婆種了一個迷你而精緻的菜園。大概是種子弄錯了，種出來的是大蔥……就是人家吃烤鴨會附的那種大蔥。

當時年輕啥都不懂，看著非常稀奇。大蔥的蔥白極肥而甜美，婆婆有時會直接拿來沾醬配飯。

我覺得，都能沾醬吃了，紅燒應當也行吧？紅燒吧，不過就是醬油和糖。想法很奇葩，結果卻人人喜歡。

但是離開玉里以後，我就沒再做這道菜了。沒辦法，以外的青菜就是不對味，我總是很想去考據這些蔬菜的死亡時間。

## 之三　雜魚燉豆腐

這也是玉里時的記憶。

我公婆是阿美族人，豐年祭必煮魚湯。不是照顧我這「台北媳婦」，應該會拿米酒當水的煮。

那魚，是在秀姑巒溪的支流打的。種類當然很雜，殺魚都要殺半天。然後就很豪邁的下鍋，還是用大灶煮的，扔幾塊豆腐。等到大夥兒半醉的時候，正好吃些暖胃。

## 之四　蒜燒魚

這是我娘唯一拿得出手的家常菜。

實在不是我說我娘壞話，我自認不會做菜，因為我沒廚藝這天賦。但我娘，比我更慘一些——她啥都能作成黑暗料理。

所以這道蒜燒魚是我們這群悲慘子孫唯二的救贖。

我會不會呢？

很抱歉，我煎的魚從來就沒有皮膚……

## 之五　薏仁紅豆湯

這也是電鍋就能完成的料理，我年紀還輕，不那麼討厭甜食時還偶爾會做。做的時候通常是因為我大姨媽大駕光臨了……

抱著肚子欲生欲死的打滾時，這道甜湯往往可以從死刑改判緩刑。

## 之六　糖水米糰

名字看起來很高級，其實就是甜湯圓啊！

小時候我娘堅持湯圓要自己搓，她脾氣又不好。所以我對冬至的印象非常惡劣，被罵整天絕對不會開心的是吧？但我也的確不是這塊料……只是她搓的還不是大小不一。（幸災樂禍貌）

可我是個小心眼兒，長大死活不肯吃這種沒餡兒的小湯圓了。

結果到這把年紀……我家老么煮給我吃啦！（撒小花ing）

其實也還不錯的說。

# 之七　花生燉豬腳

我對肥肉深痛惡絕。只要吃到就會渾身不舒服，誤食只會梗著脖子吞下去，主動伸筷是絕對不可能的。

唯一的例外是豬腳。

會喜歡吃花生燉豬腳，也是因為當年偶爾學會用電鍋煮。那時煮得最多的是可樂豬腳。

奇怪的是，用醬油滷的我非常愛吃，一鍋白白的豬腳，我是死活不會下筷子的。

## 之八　魚乾野菜湯

知道啥是黑甜菜嗎？其實這玩意兒學名叫龍葵，是台灣很常見的野菜。

說到這就好想念玉里啊。那時在田間就有好多好多的龍葵，掐尖兒可以採一大籮筐。其實用魚乾點油煮還是太講究了點，最豪邁的煮法是直接下水煮清野菜湯！

我一個人可以幹掉一大碗。

只是婆婆說這樣吃太涼，還是得熬點小魚乾才好給孩子們吃。

## 之九　蒜蓉涼拌黃瓜

這個沒有技術含量，似乎非常簡單。找幾條小黃瓜拍碎了，澆上蒜蓉醬油就可以了……

才怪。

這道菜對小黃瓜的新鮮度有很高的要求，頂好是摘下來直接泡山泉水或井水至涼（冰箱還不頂用），然後撈出來拍。

……條件太嚴苛我承認。

## 之十　臘肉菜飯

這是小時候圍觀鄰居「辦桌」，親切的師傅講解的。奇怪，幾十年過去，我居然還記得。

大概是臘肉菜飯太美味了，也說不定是記憶加成。

之後我慕名吃過幾家。然後就……（不忍轉頭）

## 之十一　蘿蔔

溫馨提醒：吃中藥的人不要吃蘿蔔，蘿蔔會解藥性，中藥就等於白吃了。

到現在我還是比較喜歡吃小一點的蘿蔔。這又是玉里帶來的「壞」習慣。

冬季的時候，田裡慣常撒油菜和蘿蔔做綠肥。油菜普普，那蘿蔔，好吃得能讓人淚下。

因為不是精耕細作的，蘿蔔通常挺小，有的只有指頭長就挖出來吃了，喚做「蘿蔔秧子」，連皮都不用削，洗乾淨能當水果吃。只是吃多真的太冷，會拉肚子的。

通常是薄鹽輕醃，或者做湯。拿來滷就有點不耐煮。

等快過年時，田裡的蘿蔔長成，其實也不大，削皮時宛如美人膚，又是另一種口味。

# 之十二　枸杞羊肉湯

現在想起來，少年時得許多好人照顧。這是一個我們喚做大哥的人帶我們常去吃的料理。

那時的夜市，羊肉湯還是很新奇的。那時我在工廠當倉管，同事都年輕，只有這位大哥比我們大五、六歲，總覺得我們這群青少年個個瘦得皮包骨（其實是長個子），時不時就帶我們去打牙祭。

其實我不太記得味道了。

我記得的是大哥的笑容，少年少女大呼小叫……還有改過的機車滿拉風的。

# 之十三　生蔘肉片湯

這是我娘唯一能夠拿出手的補湯。

嗯，也許你會說，補湯就那個味，再怎麼也不可能失敗吧？

我要說得是，這世界超乎你的想像，總有凌駕一切的黑暗料理。

到這把年紀，我娘的四物雞出鍋，她的女兒孫子都會齊齊奪門而逃。

只有這個，大家都會很期待。大概是電鍋料理實在很難失敗，再加上用不著調味的緣故。

這個做法簡單，不過我們吃的不是正經的高麗蔘而是粉蔘（西洋蔘）。而且還有個講究，得用陶器或瓷器燉，鐵器是不行的。

## 之十四　蒜炒豆芽

我喜歡吃豆芽菜。

只是這幾年的豆芽菜真是毒得讓人淚下。

當然自己發最好……但我沒成功過。（轉頭）

## 之十五　南瓜粥

我跟老闆常去吃的素食餐廳，我覺得最有價值的一道菜。

其實吧，就是南瓜濃湯。但是要做好了，也真不簡單。至於感想……我都寫在書裡頭了。

## 之十六　酸辣湯

這是住在逢甲附近時的美食。

那是家賣茴香水餃的老店，水餃猶可，但他們家隨便人吃的酸辣湯著實令人驚豔。從此開啟了列入「我的最愛」的酸辣湯之旅……

至今那家店的酸辣湯依舊傲視群倫。

## 之十七　鹹豆漿&韭菜盒子

這兩樣要放在一起講，因為都是永和豆漿吃上的。

雖然我對台北的蔬菜肉類都有極其深重的怨念（死亡時間不明並且太長），但是吃了半個台灣，還是覺得鹹豆漿與韭菜盒子，依舊是永和的最讚。

台中的……（飲泣）

鹹豆漿還勉強可以，台中的韭菜盒子為何不是皮厚，就是扁肚……

## 之十八　香菇枸杞雞湯

這是我娘唯二的救贖之一。

我一直很好奇，為何我娘總是會做出黑暗料理。這一直是個不解之謎。

寫到這道菜，我才後知後覺的發現，我娘的香菇雞湯，我從來沒有拿來喝，而是拿來澆飯就能吃兩大碗了。

……我好像發現什麼了不得的祕密了。

## 之十九　醬菜：糖醬瓜、醃辣椒、醬苦瓜、漬苦瓜

嗯，一定又有人被我唬了。

其實只是醬瓜、剝皮辣椒。醬苦瓜和漬苦瓜是我婆婆的拿手菜。

醬瓜我會做，只是嫌麻煩，我個人還是喜歡吃大茂黑瓜。剝皮辣椒是我在玉里吃上的，驚為天人，這個卻連我婆婆也不會。但是玉里鎮的菜市場有個阿婆賣的超好吃。

漬苦瓜印象裡跟醬瓜差不多，不過我沒有實際操作過。

那時，幸福啊。

婆婆脾氣好，會做的小菜也多，尤其是醃漬類。只要吃就可以了。本來我討厭苦瓜討厭得要死，就是讓她扳過來的。

## 之二十　瓜肉丸

蒸瓜仔肉。

電鍋料理，好吃又省事。買罐大茂黑瓜（鐵罐），半斤絞肉，黑瓜切碎，湯和碎瓜與絞肉混合。想吃鹹點，加點醬油，想吃甜點，加點糖。講究點的，切點薑末蔥花一起，外鍋一杯水，按下電鍋開關，行了。

## 之二十一　蔥豆腐

豆腐也是我的最愛之一。兒時讀過一本書，忘了作者是誰，名字好像叫做「豆腐一聲天下白」（之類？）。

結果我只學會了蔥豆腐，蓋因太簡單。

但是菜好不好吃，往往跟程序複不複雜沒有直接關係。可食材行不行，卻跟這道菜有非常嚴格的關係。

## 之二十二　蛋皮包野菜

這是我少年朋友做的菜……但是沒有成功。

我記得她一刀切下去……湯水四溢，她的眼鏡都花了。當時我笑得前俯後仰，最後當然是……挨揍了。

如果她沒有親我就好了。

## 之二十三　烤玉米

超愛吃。但是合格的很少。

現在誰還這麼厚工啊？我只在二十年前的中和夜市吃過這樣的……太好吃了，只是非常不好消化。吃這個我得準備胃藥。

## 之二十四　山楂湯

直到現在，我也會泡一些山楂片兒來喝。

作為一個體熱胃寒的倒楣鬼，稍微吃點就會積食。這時候，山楂茶或山楂湯就是你的救贖。

## 之二十五　絲瓜粥

我知道我說了N多遍的玉里。（嘆氣）

只是你不知道枝頭剛摘下的絲瓜有多好吃。只要幾片薑提味，就算我這手殘都能煮出一滴水都沒放、甜得跟蜜一樣的絲瓜粥。

這說法是隨我婆婆的——

是不是粥，不在於裡頭有沒有放米，而在於是不是粥狀。

## 之二十六　豬油拌飯

小時候最愛吃的飯。

你知道的，有個擅長黑暗料理的娘，做孩子的往往只能沉默。所以呢，老娘宣布她沒空做飯，全家歡欣鼓舞的吃豬油拌飯。

有個會做飯的老媽是種無上的幸福，趕緊回去跟你家媽媽說我愛妳。

## 之二十七　水煮芋頭&蒜蓉醬

兒時回憶。

基本上算零嘴吧。這個連黑暗料理的娘都黑暗不起來了。畢竟，連水煮都出事，那就……

我娘哪裡會那麼可怕。

## 之二十八　餛飩湯

其實白水煮餛飩湯也是可以的，非常簡單。當然，放點高湯更佳。餛飩的水準倒是挺一致的，我就沒吃過太差的餛飩。

但是也有上品，像是文心路黃昏市場的某家麵攤，她家的餛飩煮起來麵尾如燕尾飄逸，終於明白為何有人稱餛飩為「肉燕」。

## 之二十九　烤饅頭片

忘了是在哪吃的，只記得同桌也吃到拔絲地瓜。烤土司片倒是常吃到，烤得硬得跟餅乾一樣，上面撒白糖。烤饅頭片兒那時我真是頭回吃，還真令人詫異。

同樣是酥脆，但吃起來別有一種麵香。我猜是山東大饅頭切片烤的。

我自己烤過，味道不太對。後來發現要隔天的饅頭才稍微靠攏。

## 之三十　紅豆麻糬

這個，是看美食節目來的。但是因為我不喜歡吃甜食，所以……我還真沒吃到我心喜的紅豆麻糬。

## 之三十一　去核酸梅

到現在我也不知道，婆婆哪來那筐梅子。

在玉里的時候，我們後山有竹林，當然就有筍，山上還有幾棵果樹，雖然疏於管理

（是根本沒管好嗎），每年還是有吃不完的桃子李子，往往會用糖醃製，結果就是桃汁李汁發酵，幼稚園的兩小朋友因此喝醉過……

梅子就真不知道了，婆婆會用鹽醃一些，之所以拿來佐飯，聽說是日據時代留下來的習慣。

## 之三十二　蜂蜜甜豆

小時候吃稀飯，我娘偶爾會買甜豆當小菜。那是一種很甜，硬邦邦的甜豆，現在菜市場還有在賣。

某個小學同學的媽媽會做，特別好吃。結果聽說是用蜂蜜做的，當時年紀小的我們，都驚呆了。

那時候的蜂蜜可是非常非常高貴的食品啊。

## 之三十三　醬釀豆腐

只是不知道怎麼形容，不過就是糖和醬油將煎豆腐燜到入味罷了。偶爾能在便當菜裡吃到，那天就會很開心。

我……我沒點煎豆腐這個技能。我煎的豆腐，往往是碎的。不但碎，而且挺誠實的乾脆黏鍋……皮之不存。

對於這麼愛吃豆腐的人，這真是令人非常絕望。

# 饕餮食錄

翠樓吟篇

# 寫在前面

雖然不擅廚藝，多年來不肯做飯，其實是一種賭氣。

再不肯為人洗手做羹湯。

結果就是沒把自己劃入範圍。

這其實也沒有好或不好，只是自己的選擇而已。只是無謂的堅持也沒什麼必要，到現在終於能夠對著自己笑……想想過去的自己還有那麼點無理取鬧的可愛。

現在倒是覺得做飯挺有趣的……最少不用跟外食一般每餐吃個二兩油。

雖然失敗還是挺多。

## 之一　餃子（翡翠餃）

很多飲食是愛倫開啟了我的新視野。
我雖然對「美食」的定義很嚴苛，但是不太會去主動尋找美食……主要是麻煩。愛倫完全沒有這問題，我頭回去吃港式飲茶也是她帶著去的。這方面我真的是土包子。
到現在我還記得頭回看到翡翠餃（還是翡翠燒賣？）的感覺。

## 之二　烤栗子

這也是愛倫的啟發。她超愛吃糖炒栗子。
我本來就愛吃堅果類，最喜歡吃開心果。可惜所有的炒貨不但貴，而且上火。糖炒栗子也貴，但愛倫是個大方的人，不但可以跟她蹭菸，還可以蹭栗子。

## 之三　核桃

堅果類的上品。價格也很上品，每次吃都心裡滴血。

幸好核桃吃多會膩。

## 之四　雨前茶&銀毫茶（白毫茶、帝王茶）

其實我沒喝過雨前茶、銀毫，甚至也不太會品茶。這方面老闆才是專家，然後我還是那個蹭茶喝的人。

但人總有個愛好對吧？我個人挺喜歡金萱，偶爾喝點普洱養胃也不錯。但最懷念的，還是玉里附近的茶山。

也許我懷念的不是茶香，而是混在茶香中的鄉愁。

## 之五　茶果子&綠豆糕

其實「茶果子」並不只是日本的說法，我要是沒記錯，最少在唐朝就稱麵製的點心為「果子」。

佐茶用的小點心。

味道如何……我，我不知道。我不喜歡吃甜食啊！

這就是我最悶的地方。從小到大，我都不喜歡吃甜食……但我居然四十出頭就得了糖尿病。

醫師囑咐我少吃點糖的時候，我都想翻桌了。

只能說遺傳真是不可承受之輕。

## 之六　生梨&冰糖燉梨

奇怪的是，我不愛吃甜食，卻非常喜歡水果。梨子在我心目中的排行屬於名列前茅的那種。不只是水梨，就算是棕皮的那種粗梨，我也能津津有味、皮都不削的啃下去。

但水果我還是喜歡生食，一入菜我總覺得是邪道。勉強可以接受的，就是冰糖燉梨。可我娘是黑暗料理界的第一把交椅，所以……（黯然）

她做的冰糖燉梨甜到令人胸悶。（啜泣）

## 之七　餛飩

請洽各大菜市場，其實手藝都差不多。真要吃到非常難吃的也有困難……

我猜想是唯手熟耳。

反而吃到讓我崩潰的餛飩，來自某位同學老媽的愛心……

感想？

心好累，感覺再也不會愛。

後來我自己實驗了一次，把自己弄哭了。餛飩太難。

## 之八　雞蛋羹

我對蛋情有獨鍾。不管怎麼做都喜歡吃，蒸蛋當然也在「我的最愛」裡頭。

自己吃麼，就算蒸得跟蜂窩一樣也沒什麼，後來才知道，只要在鍋蓋和鍋子中間插根筷子，就能夠讓蒸蛋平滑得跟豆腐一樣。

很多小技巧真的就是很小，知道眉角就很簡單。

## 之九　清粥

會打聽這個，就是我娘老把稀飯做得插筷子不倒，大概插鋼筋也不會倒。

我就納悶，妳為什麼不乾脆做乾飯呢？

她老人家的理由很妙：客家人才早餐吃乾飯。

但我想吃真正的稀飯。

拿到食譜實驗之後，我終於吃到正港清粥。

你大概不會想到，這食譜是電器行老闆娘給的，因為她想賣個電鍋給我。

## 之十　滷白菜

冬天必吃，有蝦米和香菇爆香更妙。

## 之十一　野菜糰子

說得很玄，其實就是草仔粿啦。這個，我還真的曾經做過，只是程序太複雜，我實在想不起來了。

還是在玉里，婆婆手把手的教我怎麼做。還是用灶炊的勒。

其實用燒柴火的灶炊煮真的特別好吃。

額外提一句，每次看別人小說，砍了樹直接燒火，我都異常震驚。剛砍的樹其實是溼的，需要晾晒過才能燒，不然那個煙真的是夠嗆人的了，遠遠看像火災。

每年公公去山上砍了一車柴回來，都要在曬穀場晾晒個大半年才願意用。我不能懂那些真種田流小說講的現砍柴火是怎麼回事，也許是我見識不夠。

## 之十二　壓驚湯

其實說是安神湯也行。中藥裡有安眠效果的湯藥吧。

## 之十三　糖漬山楂

這倒不是冰糖葫蘆。正港山楂我還真沒見過生的，能吃到的叫做烏梨。菜市場有時會賣，跟桃李擺在一塊，是用糖醃的，酸酸甜甜，挺好吃。

（雖然往往酸壓過甜）

我猜，山楂應該也可以這麼做……吧？

## 之十四　金盤膾鯉魚（生魚片）

我一定要鄭重說明，生魚片可不是日本人的發明。自古就有這種吃法，最少華陀那時候就有。

這個菜名出自王維的〈洛陽女兒行〉：「良人玉勒乘驄馬，侍女金盤膾鯉魚。」

當然不只這些詩句，有興趣的人可以自行查閱資料……然後可以得意一下，這悠久的吃貨文化啊！

# 之十五　狼桃（番茄）

嗯，我完全明白，大燕朝不應該出現番茄。為此我還特別讓南美洲空降幾個穿越者……因為我實在太愛吃番茄了。

而且絕對不要小番茄，那完全是邪道！（痛心疾首）

真正好吃的番茄，一定是大的牛番茄，完全列入蔬果行列，可生吃可煮菜，完全無死角。

唯一的缺點就是……價格太浮動。我吃過一斤二十五的番茄，也吃過一斤一百二十五的番茄。（默）

## 之十六　柳江桃花魚

鬼扯的。

……等等，不會吧？真有人相信有這種魚？

## 之十七　紫蘇酸梅湯

頭回看到紫蘇還是在我婆婆的小菜園。連她自己都說不清楚種子是怎麼來的。

那年夏天，狂喝了一季的紫蘇酸梅湯。我還記得將放涼的酸梅湯灌在寶特瓶裡，然後扔到接了山泉水的小水池裡。那水可真清涼。

## 之十八　香菇雞補湯

今年我都不想做香菇雞了。這本來是很簡單的一道菜，香菇泡開，跟雞一起燉就是了，電鍋也行。

但是，便宜的香菇沒味道，有味道的香菇是天價。

替代方案就是，新鮮的菇類，挺便宜的呀！只要兩種以上的菇綜合在一起……

等等我就去煮。

## 之十九　素粽

糯米製品，我也愛吃。

尤其是粽子，真是寧願吃到胃痛吞了胃藥再上。但是肉粽有個最不好的地方……他們喜歡包五花肉！咬到肥肉的瞬間我都會眼淚汪汪，我恨肥肉一萬年！

所以我喜歡吃素粽，絕對沒有討厭的肥肉，應該就安全吧……才怪。

咬到栗子我都哭了，蒸過的栗子，味道怎麼能這麼奇怪？

後來我都吃包花生的。這真是又香又糯又搭配。

只是好吃的粽子也越來越少啦，我自己包的總是漏餡……果然是技能點不足。

# FREE TALK

啾啾姐姐／繪

# 誤會

啾仔幫忙管理網站和粉絲頁，經常會收到讀者來信。
近年誤會蝴蝶是文藝美少女的信件少了，但是這類的訊息變多了…
啾大跟蝶大住一起很久，應該常吃到蝶大的拿手菜吧，真是令人羨慕…
真希望能嚐到蝴蝶大大親手做的菜啊，一定很好吃，不知道蝶大最常做哪些菜呢？
SUNY

大家都誤會大了，蝴蝶其實不擅廚藝啦！而且是遺傳性的沒天分呢（喂）！

有一次到蝴蝶家拜訪時正逢晚餐時間
抱歉打擾了。
S媽
不要客氣，一起吃飯吧。
無法拒絕
那吃一點就好，不好意思！

把白粥熬煮到接近糊狀，再加入特製大骨湯來煮。
大骨已經煮到發白了，骨頭上的肉屑完美落進湯裡，浮著很多碎肉。
粥內飄著已經煮到散開的花椰菜，還有其他疑似蔬菜碎片的東西。
這傢伙被養得很挑嘴。
這、這是鹹粥吧⋯
對啊，多吃點喔！
好！鼓起勇氣，一口氣吃掉吧！
直著喉嚨吞下去！
難怪妳老是說吃飯很浪費時間⋯
呵呵♪
吞完那碗粥的瞬間⋯我看到了人生走馬燈⋯

# 作家S子從小吃到大的 黑暗料理小教室

※避免造成家庭糾紛，本篇所指人物皆為化名※

作家S子雖然寫遍家常美食，常被讀者誤會是個熱愛烹飪的美食家，但本人其實鮮少下廚，大多時候只求能快速果腹就好。

作家S子的媽媽是一位非常勤奮的職業婦女，不但親手拉拔女兒和孫子長大，還天天下廚做飯從不懈怠。

只是S媽對料理的看法和一般人不太一樣，她篤信凡食物必吃精華的信念，其中「大骨湯」是S媽家庭料理中，最自豪的味覺靈魂。

這鍋大骨湯非常強大，強大到啾仔吃過一次終身難忘……

請肉販將大骨敲個縫，放在流動清水下仔細沖洗，清除雜質。

冷水時大骨就下鍋，煮沸後轉小火繼續熬煮，隔一段時間撈起渣滓浮沫，讓高湯清澈。

PS. 若是要下料煮湯，可加入蔥、薑、米酒等材料去除腥味。

*沒處理的大骨熬湯容易混濁，也容易有腥味。

S媽認為大骨湯是食物的靈魂，一定要保留全部營養，所以作法跟一般人不太一樣。

## S媽版 大骨高湯製作法

直接將大骨放進水中煮至沸騰後轉小火，繼續熬煮…

## S媽的大骨湯就完成了

雖然過程很費工，但從家人的眼中看起來是這樣的…

你們不知道喔，那個味道真的很恐怖！幾乎天天都會用到，吃了那麼多年，味覺都壞掉了！

我一直到出社會以後
才知道我家的食物跟
一般人認知的不太一樣…

看來妳家的
餐桌很精彩，
請問妳最喜歡
哪一道家常菜？
最喜歡…（思考十秒）魚吧，
因為不能亂調味，頂多煮
得老一點或鹹一點…

人家的花椰菜是清爽又爽口
我家的花椰菜是只剩形狀還
是花椰菜，夾起來已經整個
散掉了…
啊
軟
散
人家的空心菜是清脆又爽口
我家的空心菜和甘蔗一樣硬，
嚼都嚼不爛…
人家的菠菜是清脆又爽口
我家的菠菜是又黑又爛的
一整團…
怎麼都在講青菜…

我要幫我阿嬤平反！
我一直覺得阿嬤煮得還不錯。
而且吃習慣了就不會挑嘴，啥都覺得好吃。
作家S的大兒子

尤其是阿嬤的滷肉，
一塊肉就可以讓我配好幾碗飯！

所以阿嬤的滷肉一定很好吃吧？
其實是因為很鹹，醬油跟不用錢一樣的加滿滿⋯
反正吃習慣就好啦！

對了，
我們三歲以前喝的奶粉，都是用大骨湯泡的喔！

我們兄弟也是很努力長大呢！
難為你長得這麼高⋯
18x cm
156cm

# 黑暗原力會遺傳

「同居」這麼久，雖然次數很少，
但啾仔還是有幸吃過蝴蝶親手作的菜。

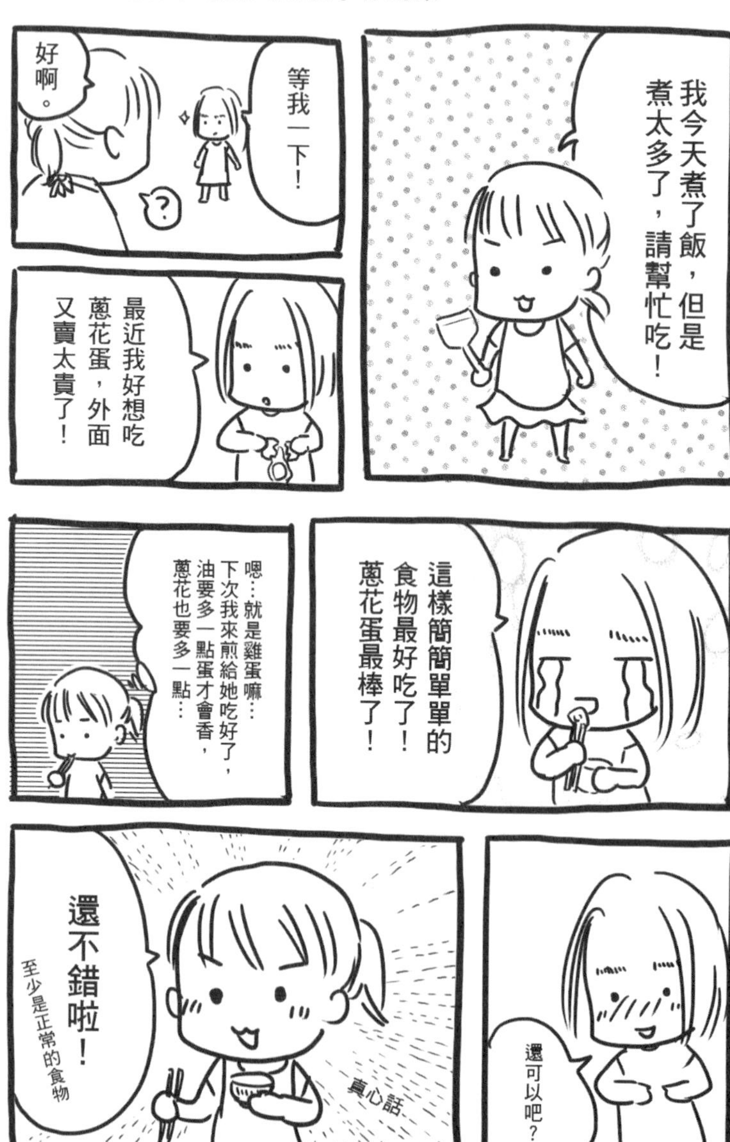

再次嚐到蝴蝶的手藝，是過了五年之後的某天中午……
早安
我煮了咖哩，不嫌棄的話一起吃吧。
咖哩？
煮飯？
太陽打西邊出來了？
因為我超想吃咖哩！
附近沒啥好吃的咖哩…
是這鍋嗎？
不吃沒關係啦，只是煮太多了…
不，我要吃！
下定決心

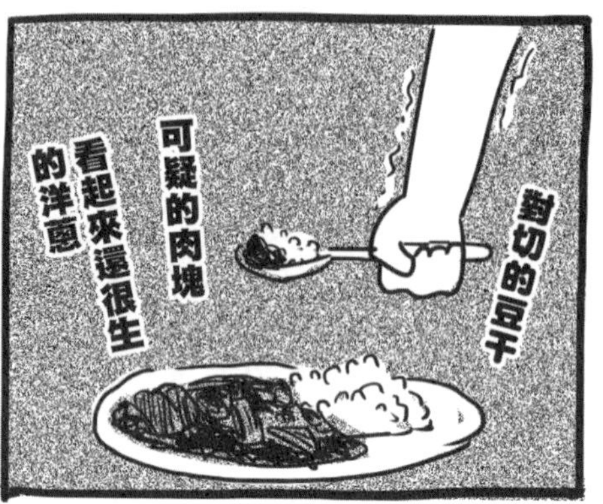

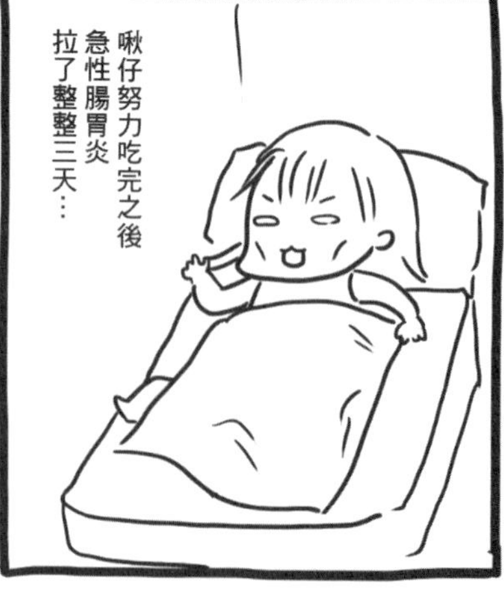

暗黑料理不是凡人學得來的…

# 編輯花絮①

可以跟讀者聊聊故事裡的菜色啊，
比方說同樣的菜色放到現代有什麼不同的作法…

不行！
不太會做菜
小說還可以混過去，說太細就露餡了啦…

蝴蝶在大燕朝系列寫過不少美食。
大多都是簡單又美味的家常菜色，
時代不同做出美食的訣竅也不同。
就讓我們用現代烹飪手法
來做出幾道大燕美食吧！

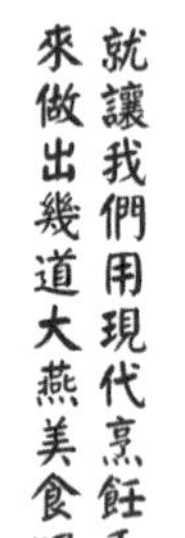

①將苦瓜對切，用湯匙將白色內膜刮除，去除苦味後切片。

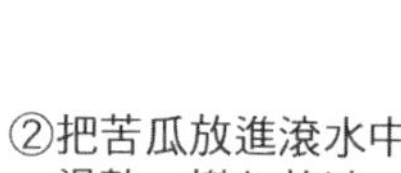

## 漬苦瓜

②把苦瓜放進滾水中燙熟，撈起放涼。

**材料：**
白色的苦瓜一條

**調味料：**
糖、鹽、果醋、話梅

③依照喜好調整糖與醋的比例，可以放幾顆話梅增添香味。

④漬苦瓜完成！

# 絲瓜粥

**材料：**
絲瓜一條

**調味料：**
老薑、鹽少許

**純絲瓜粥：**

①絲瓜去皮後切塊，老薑切片。

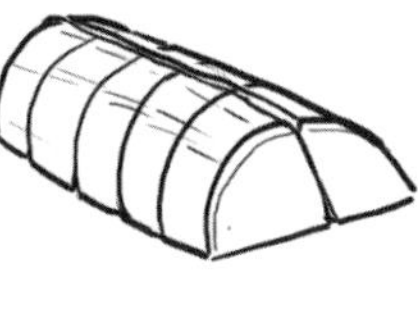

②用少許油將老薑爆香，再放進切好的絲瓜耐性翻炒。

③直到絲瓜軟化宛如粥狀，調味後關火慢悶。

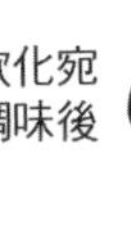

**絲瓜米粥：**

材料：（兩人份）
嫩薑、乾香菇、蝦米、一杯米，
喜歡海鮮可以準備蛤蜊或蚵仔等。

準備：薑切絲、香菇泡開後切絲、蝦米過水瀝乾。

①用少許油來炒香蝦米、香菇，炒至香氣出來後放進生米略為拌炒。

②讓生米稍微吸收香氣後加入高湯（清水亦可）用中小火慢慢煮透。

③等粥底熟後再加入絲瓜，此時可放蛤蜊或是牡蠣等海鮮，略悶過後加點鹽調味。

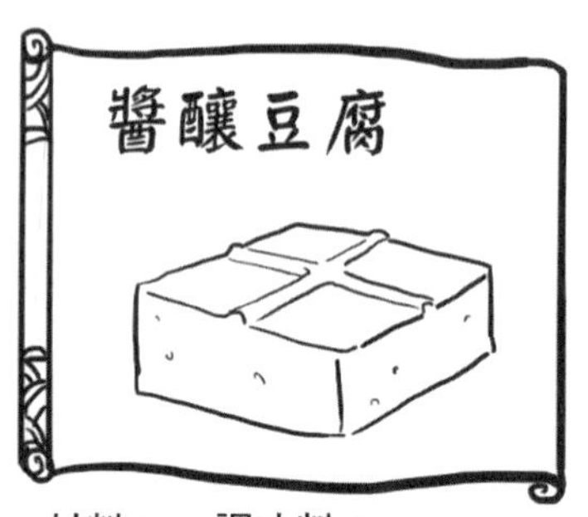


**材料：**
板豆腐

**調味料：**
醬油、砂糖
大蒜、辣椒、蔥等香辛料
（依個人喜好加入）

①豆腐橫切成長片。

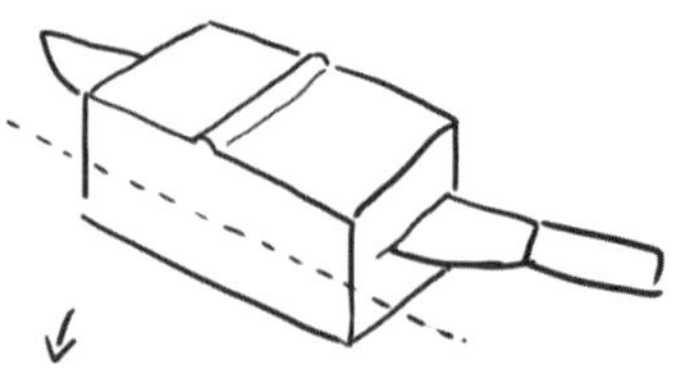

②水分擦乾後兩面均勻沾上麵粉。

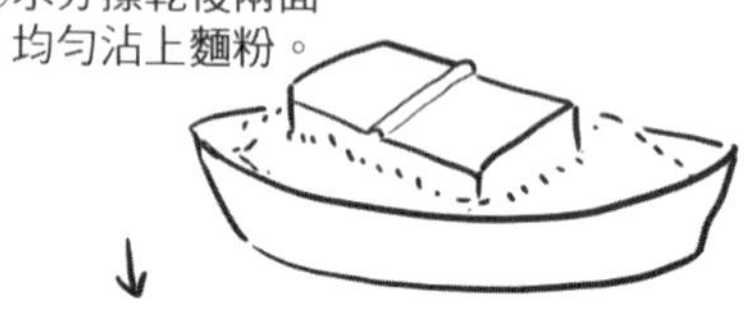

③熱油後下鍋將兩面煎至金黃，油可多一點以免煎破。

④豆腐完成後直接先下醬油熗出香味，香味出來馬上加入一杯水、一些糖、依照喜好放入蔥段或辣椒。



⑤加蓋悶鍋，約七八分鐘，起鍋前可以嚐嚐味道，趁機調整，就可起鍋了。

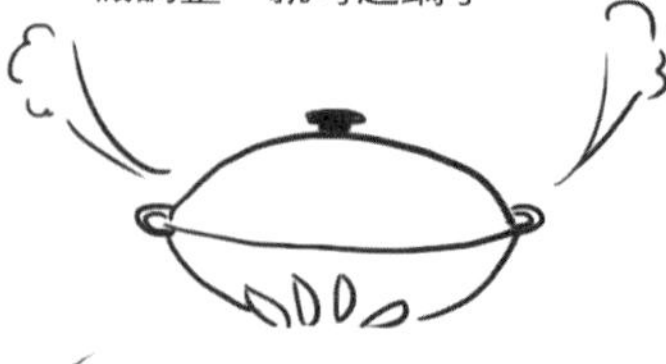

⑥醬釀豆腐就完成啦！

①將白菜洗淨後，用手撕成片狀備用。乾香菇泡水半天，保留香菇水，將香菇切絲。

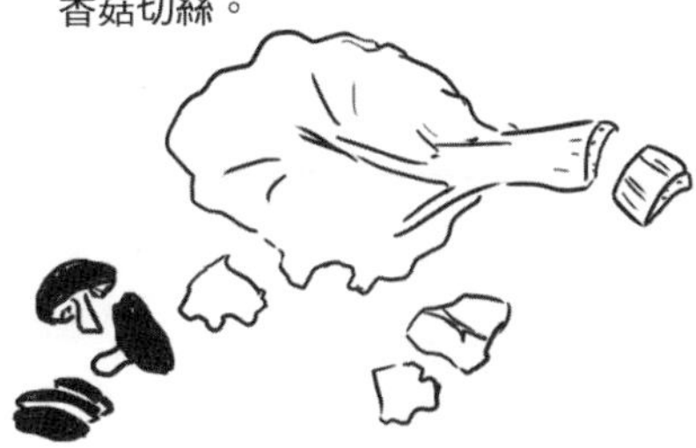

**材料：**
大白菜半顆、乾香菇、蝦米

**調味料：**
鹽

②用少許油將香菇和蝦米炒香。

③將配料撥到一旁，把白菜下鍋，白菜下鍋翻炒，此時可放些蒜末增加香氣。

④將香菇水倒入後燜燒15分鐘即可。

⑤美味的滷白菜就完成啦！

## 編輯花絮②

# 大燕朝系列
# 中場休息答客問

縱橫三百多年歲月的大燕朝系列，
出現了眾多備受喜愛的角色們，
在精彩的故事中躍然紙上，
讓人不禁想要探尋更多。
未來也許還會有新的角色與我們相遇，
現在就當作中場休息，
讓蝴蝶來告訴你，
與那些故事相關的這個與那個吧！

# 《徘徊》

**Q 好想知道「九尾冥狐」陳敏思（九哥）給了陳祭月跟諸部曲甚麼樣的考驗，讓他們脫了好幾層皮？其中讓少主感到最大悚意的，又是什麼事件？**

祕密。

……什麼？太敷衍？不不不，實在是篇幅有限。你想啊，一個百廢待興，窮困潦倒的徽州，最後成了光芒萬丈的商業大城，甚至還有跟泉州港相輝映的徽州港，並且人文薈萃，文風鼎盛……

這妹婿（陳祭月）和他愉快的部曲該有多不愉快，起碼要上百萬字的血淚史才能打發啊？

何況是九尾狐發下來的任務。

**Q 陳家九哥、十一哥最後有成親嗎？能收服同文館三狐之一的人絕對來歷不小，是怎麼讓他點頭的？**

那當然啦。九哥娶了個北陳的姑娘，是陳祭月的族妹二十三娘。二十三娘原本是下任北陳守鑰。

至於是九哥妹子被拐不忿硬拐個北陳下任守鑰洩恨，還是二十三娘故布疑陣將南陳頂尖的才子納入囊中，真相已不可考，只是雙方鬥智鬥勇鬥法，非常旗鼓相當。

至於十一哥，則是在辦一樁懸案的時候，巧遇了個智謀百出的姑娘，合夥破完案，他就上門提親了。婚後才發現表面是個傻白甜的小娘子，事實上是個黑芝麻湯圓……

沒想到一再躺槍的十一哥，最後還是栽在個狐狸娘子手裡，有種熟悉的苦悶和快樂。

Q 想問問看陳少主大人跟徊姐兒的婚後生活會有什麼火花？兩人之間有小孩嗎？（超喜歡徘徊，很好奇他們如果有小孩會有多腹黑XD）

徊姐兒的個性哪裡能冒啥火花呀？她那麼平靜的人。他們倆挺好，志趣相投，終生似友如朋，兼又溫柔體貼。

至於孩子，很抱歉，徘徊早喪失生育能力，能夠多活幾年都是上天恩賞了。

Q 墨家的典籍和學說，有在文昭帝的「後百家齊鳴」復興嗎？

有的，雖然不是主流思想，但是在地方公共建設時常會借鏡，所以有縣醫、縣學等等之類的福利設施。

之後閨中大學士傅佳嵐的著作能夠順利影響後世，不得不說墨家再興早替她開拓了前途，匯流後才漸漸的發揮影響力，最終才有文昭帝「後百家爭鳴」的光輝時代。

**Q 徘徊他們傳承給徽州師爺們的內容是什麼，主要是法家和墨家學術嗎？傳到《誤棲梧桐》時一度式微，後來怎樣了呢？**

主要是兩種，一個是作為骨幹的刑名錢糧等法度，另一種是作為精神的縣醫、縣學、養生堂等福利設施的仁政。

前者隱埋了法家的部分精髓，後者是墨家的精神。

事實上這眼光算毒辣，能夠一眼看到百年後。知道官僚會日漸腐敗，不識庶務只會死讀書的人總居高官，即使不作為，百姓已受苦，再枉法真的不用活了。

所以才會刻意培養，最後成為家傳的幕僚「師爺」。最少能守住底線，保證國家機器基本運作能順暢，可以撐起一個最後的架子。這也是為啥在政德帝時期，國家如此危急存亡之刻，還能靠這有條不紊的骨架，在解決外患後能得以中興。

但是，物換星移，傳承終會漸漸崩潰消散。而師爺，官不官吏不吏，身在制度之外，卻擁有太多制度內的權。最後被侵蝕以逐利……這並不是太奇怪的事情。

能撐到豐帝時期，已經是非常強悍的傳承了。

最後鳳帝開始重視吏治，就是要將法度外的師爺轉入制度內，得以轄管並且重用。

**Q 請問懷章太子和徘徊之後還有聯繫嗎？他們的友誼若是就這樣斷了，感覺很可惜……**

處江湖之遠則憂其君。

都長大了，有各自的責任，當然不可能如少年時朝夕相處在京城。但離得遠了，懷章太子腦袋又沒泡鹼水，難道會對南北陳做啥壞事嗎？他可是三狐之一！

通通信，相互出點壞主意，那是絕對有的。

老的時候擔子終於輕鬆些，去京城時還能相對毀棋拍桌子對罵……感情應該是一直都不錯的。

**Q 本書裡的超品宰相馮鬼謀，請問是深院月京城馮家的祖先嗎？**

是呀。但是別指望我寫出本族譜出來。

**Q 請問南陳和北陳最後是怎麼同意十七娘子和陳祭月的婚事呢？十一哥知道少主大人拐了他的妹妹時，又是什麼反應？**

天下大勢合久必分分久必合。南北陳說起來只是意識形態的分裂，真有什麼大仇恨嗎？沒有吧。最嚴苛的時代，還是守望相助的。

所以這樁婚事表面吵吵，事實上還算是半推半就。而且這小倆口太能了，都已經雙雙奔去徽州，成不成婚一點都不在乎……

（所以說在乎的就先輸一半了。）

十一哥沒怎麼了呀，只是借辦案之便拐去徽州揍了陳少主一頓……還是背著陳十七揍的。

因為他遇到陳十七通常都是淚奔的份。

**請問南北陳家知道傅氏嫡傳的存在嗎？他們有去尋找過出宮的凰王傅氏嗎？**

只是知道一點傳聞，畢竟當初傅淨做得很絕，出宮後斷了所有的人脈，大理是她祕密預留的產業，最後的退路，卻沒想到真用上了。

傅氏嫡傳一直都隱埋在閨閣中，大燕朝歷任皇帝，舉國情報力，也只有政德帝機緣巧合的發現傅氏嫡傳人。這也難怪南北陳一直遍尋不獲了。

# 《臨江仙》

**Q 請問「鄉親」鄭五小姐與昌王爺成親後的生活如何？她的極品性格有改善嗎？**

放心吧，我不太喜歡折騰人，哪怕是非常二百五的鄭五小姐。

昌王爺是個偉男子，哪怕年紀大了點兒，要愛上他還挺容易的，無須替鄭五小姐憂心。她的極品個性其實很容易解決，只要沉浸在愛情中就會百般皆可拋，立刻從滅日屠美的頻道轉到言情頻道，一點問題都沒有。

**Q 後來成為閩南侯的瓔哥兒，有沒有去找過古早以前的台灣呢？若有找到，是加速還是不干涉台灣的發展呢？**

不然他會那麼熱心辦海軍喔？當然是想回鄉看看。當然，回去卻連高雄和台南都分不出來了……那時候可沒有衛星地圖。

登陸是登陸了，最後將登陸的港口當作軍商兩用的據點，並沒有開發。主要是人口數少，在他的那時代約莫已經是我們這兒的唐朝了，當時的閩南地廣人稀，沒有多餘人口可以外遷開拓。

Q **請問子嗣艱難的瓔哥兒後來有小孩嗎？有的話，是男或女？個性像誰呢？**

你怎麼能懷疑大姑姑的醫術呢？小心她打你。

孩子一定有的，是男是女個性如何……你不如打電話給他們夫妻倆聊一聊。

Q **請問蝶大，是什麼契機讓蝶大構想出琯哥兒這樣生動又逗趣的腳色？**

孟子曰：「獨孤臣、孽子，其操心也危，其慮患也深，故達。」

這個大概很多人聽過，可孤臣，看字面就明白，但孽子是啥，可能大部分的人都一知半解。

孽子不是白先勇寫的《孽子》，也不是說不聽話的孩子。事實上，孽子是庶子的意思。

當初讀孟子看到這段，心裡很有感觸。其實庶子是為父不德的產品，他們本身也是受害者，但容易被同樣是受害者的嫡母壓迫，真是倒楣透頂的孩子們。

老讀者應該知道我的癖性，往往自以為不公，就會在虛擬中尋找平衡。

這就是為啥會有個聰慧活潑不怨天尤人的琯哥兒的關係。

**Q 最喜歡琪哥兒這種默默做事又很深情的男人了，請問蝶大會寫一些琪哥兒或琯哥兒的外傳嗎？**

別鬧了。

已經將琪哥兒提了一筆，而且我感到非常滿意，精緻小巧的，蘊含了我許多的感情。

別嫌了。

如此完美又深情的男人，如果需要許多篇幅，那絕對不是什麼好事，我可捨不得折騰他們夫妻。

# 瓔哥兒的大燕版「FaceBook」

五十本宛／繪

# 《深院月》

**Q 請問馮三郎有現實人物原型嗎？**

說做夢你信嗎？但事實就是如此荒謬……

**Q 燁帝選后是怎麼選到那位將門之女的啊？**

不是常常巡邊關嗎？巡著巡著就偶遇了這位帶兵打仗的巾幗英雌，然後對練輸了人家……

立刻勾起兒時的孺慕，然後就跟他爹說他想娶媳婦啦！

所以說，幼年教育是非常重要的。（嚴肅）

**Q 請問赤鸞觀的女冠們知道自己和芷荇是同門嗎？**

醫術都交流了，是不是來自同源，彼此心底都有個底吧？但是芷荇是不會主動說破的。論起來她是傅氏嫡傳掌門，難道要赤鸞觀聽她號令嗎？她又不是真的江湖人。

**Q 請問蝶大，已經把握到芷荇這個傅氏嫡傳的政德帝，沒有硬凹兒孫什麼的去娶芷荇女兒或者外孫女嗎？而且，為什麼慕容皇室還是繼續保持著不知傅氏後人的下落呢？**

我說你們也太關心人家的兒女親事了。

事實上政德帝那流氓，心底還是有點畏懼掌門人的，大約是唯一他流氓不起來的人。他腦子被門夾過才敢硬凹這種兒女親事。

再說，那流氓是個二百五，他都敢想刨祖墳的事兒了，他會透露他已經知道傅氏後人下落？那不是完成了威皇帝的遺憾？

想得美唷。

**Q 像芷荇或是凰夫人那樣跟丈夫互敬互愛一生的傳氏傳人，她們寫下的絕命書，不會成為激勵後人的榜樣，減少後宅裡的血淚辛酸嗎？**

……我勸你先統計一下身邊親朋好友的婚姻狀況，然後再細想一下這個問題。要記住，現在是二十一世紀，彼時是唐朝左右。

一九九二～二〇一一，全台超過一百萬對夫妻離婚。我們還是號稱男女平等的現代文明人呢。

古代離婚不易，而且還是允許納妾的年代，當中辛酸血淚真的會少嗎？互敬互愛一生，現代人都如此困難，奢求古代人那更是夢幻一般。

在其中，越聰明的女人越可憐啊。

**Q 想知道後來京城馮家的後續？**

一蹶不起。（完）

（為什麼我要關心那廢物一家子？嫌我腦漿不滾燙？）

# 《翠樓吟》

**Q**

**翠娘子堂堂正正的出樓後，跟名默平安到達南都了嗎？婚後是否從知己轉成兩情相悅，甚至兒孫滿堂呢？**

是。

（事實上你都自問自答完畢了啊。）（扶額）

**Q**

**名默是順王府兼暗衛總教頭，那政德帝、穆若白、子繫都是名默調～教～出來的嗎？**

是。而且是地獄般的嚴～格～調～教～

**Q** **隨著還很小的流氓皇帝下江南，名默和政德帝處得如何？還是夢中穿越的翠娘對政德帝有什麼影響？**

一個沒人管的小屁孩王爺，還能親自打遍全城無敵手，絕對是有個非常厲害並且嚴厲、武功高強的師父吧？

翠娘只是名默的老婆，身分不是政德帝的奶娘下人，一年見不到小王爺幾次好不？怎麼可能有影響啊。

**Q** **政德帝跟名默與二娘在南都時期的故事會出番外篇或續集嗎？好想知道小時候的順王到底是什麼樣的猴孩子，皮得潑天到底是多皮？**

你這是逼我再寫一本。我慎重的拒絕。

**Q 以名默的年紀，政德帝回京時他應該還未退任，那他和翠娘是回到京師為政德帝賣命，還是留在南都繼續調教人才，亦或是愉快地辭官和翠娘到處品嘗美食去了？**

政德帝當政時，名默任暗衛營總教頭。但是不要指望他出來幫什麼忙，他恨先帝一萬年！能在暗衛營教育人才，已經是顧念師徒情分了。

至於美食吧，只要有心，何處沒有美食呢？人家翠娘自己很會做菜！

**Q 之後，饕餮之徒是否依舊不與世同舞之？**

多少還是有些格格不入吧。但誰說格格不入就不成呢？與光同塵是一種生活態度，目下無塵也是一種生活態度，沒有哪種好哪種不好，只是個人的選擇。

但是能守得本心，以樸為美，吃貨的生涯還是簡單美好的啊。

Q

「外地不敢說，京城能上妳這樓的，約六個。兩個落在我們那兒……」他含糊了一下，「另外四個……身分上也不會來爬妳這樓。」有另外五人的設定嗎？

兩個是暗衛，另外四個是將門子弟（世家）。

其實這完全是額外設定，我真沒想到有人會問到這……（遠目）

## 蜘蛛人

啾啾姐姐／繪

# 《傅探花》

**Q** 佳嵐最後成為翰林院的官，寫了很多著作。請問同時期的芷荇有沒有發現佳嵐的「特別」呢？例如：探花娘子寫的東西和傅娘娘好像哦之類的？

我要鄭重說明，探花娘子和傅娘娘的不會相同。

傅淨記錄的多半是隨筆，她雖然也是學者出身，但是幾十年的經歷，可以說是成熟的感悟，而且也偏重實用，對於思想的部分著墨甚少。

傅佳嵐則不同。她是大學剛畢業就過來了，經歷的不過是個微紅樓。你可以說她還有點天真，許多熱情，並且有些，好為人師。

（她的夢想本來就是當個幼稚園老師啊。）

她的著作中心思想，其實都是謹慎的圍繞著「格物致知（科學）」，還有就是對國家基層公務員（吏）的高普考的任用和重用，甚至還有些女權的思想。

彼時出現一個很有名的歷史學家，曾經說過一段話，「史臣曰：夫稱婦人之德，皆以柔順為先，斯乃舉其中庸，未臻其極者也。至於明識遠圖，貞心峻節，志不可奪，唯義所在，考之圖史，亦何世而無哉！」

這段話得到她的讚賞和倡議，是她著作裡女權思想的開端。

**Q 可愛的四小水果是跟著佳嵐嗎？最後到底是橘兒、李兒還是桃兒升級為管事娘子呢？**

當然是跟著佳嵐。最後桃兒如願以償成了佳嵐家的管事娘子，其他三個小水果成親後分管了店鋪和田畝的部分，替紀相國撐起家業。

**Q 佳嵐一家人真的都穿越了嗎？有他們穿越時空地點的小設定嗎？**

是的。我當時有想過要不要寫……最後還是因健康狀態擱置。腦漿沸騰狀態是很夭壽的。

Q

**佳嵐的根號2符咒和那些數學的魔鬼公式真的有用嗎？**

心誠則靈，金石為開。

……等等，你不會相信了吧？

Q

**請問佳嵐的「肚量」到底有多大呢？**

不過是麒麟的三成，算是挺小的了。

Q

**佳嵐跟晏哥兒的婚後生活如何呢？孩子的學問是誰教啊？**

難道你希望我說不好嗎？（嘆氣）

誰教不都是一樣，兩個都是學霸啊。

## 〈浣花曲〉

**Q 烏羽和白翼的故事，正值哪個皇帝呢？刻暑假作業時還是雕版印刷，白翼穿過來的年代應該比嬌嬌早嘍？**

雕版印刷可是很早就有的。最早見書於文字的是說隋文帝就有了。但皇帝能隨手說雕經，應該是更早之前就風行才有可能。

因為大燕是架空，所以我設定在大燕前就有雕版印刷。

而且烏羽的時代還有暗殺者活躍，所以應當是大燕開國不久的事情。

**Q 為什麼主角會取名白翼、烏羽呢？猛一看還滿西方的。**

因為那時我看《TSUBASA翼》吐血了，捶胸頓足棄文後，燒書未果（租來的啊不能燒），當時正在想浣花曲的主角名，大怒取了個對名，發誓就算要穿越時空，也要寫個簡單又好看的故事。

**Q 魯氏鏢局會在其他作品串場嗎？十一跟十六最後追上烏羽了沒，他們到底幾歲才能退休呢？**

不會串場啦，別想加戲。至於有沒有追上，請洽大宇宙電波。有名號的要到四十才能退休啊。像十一和十六是屬於烏羽的私兵，跟著烏羽走的，既然設了鏢局，擺明就是給私兵們上岸退休的啊。

**Q 烏羽這麼淡定，白翼沒有覺得挫折過嗎？**

怎麼沒有。只是姑娘有點嬌憨、心又寬，很快就忘了那點挫折感。

**Q**

**烏羽的本名是什麼呢？他父母到底是怎麼養出這個神奇孩子的，該不會全家都是這樣吧？**

烏羽的本名就是烏羽啊。他是有些彆扭，還存了一絲天良未泯，就殺手來說實在不太合格。他的爹娘要狠心多了……不過殺手命短，爹娘都已不在世間。

**Q**

**烏羽跟白翼身處的時代明顯是有妖怪的，但在其他系列作中又非如此？那麼紀昊所著的《神異十記》，有多少是真實故事啊？**

沒有寫，就是不存在嗎？那只是沒有遇到而已。這只是小說側重的部分在哪裡，不可能每本都包羅萬象，寫史都沒人這麼寫法的。

可又不能說，你沒看到自己的五臟六腑，就說內臟不存在，是吧？

《神異十記》，你可以看成是大燕版的《聊齋》，你會問，《聊齋》哪些故事是真的嗎？

## 《誤棲梧桐》

**Q** 蝶大在部落格說要代替作者言的番外「閨閣學士傅佳嵐的著作抄錄於江南陳家裡的祕辛」……可是沒看到啊？

我記性不好，真的有說過這個嗎？

**Q** 慕容雙煞還有機會出現嗎？慕容駿的老婆是怎麼收服這個中二的呢？畢竟能叫他跪洗衣板就夠讓人好奇的……

其實我一直都逃避寫宮廷內事。馬的，我討厭寫宮鬥啊！要不是鳳帝我都設定完了，打死我也不想再寫這種題材。

所以，為了我的健康著想，慕容雙煞是不會再出現了。不要說他們不是宮鬥，他們是妥妥的外戚……

還是鳳帝的外戚！妥妥的！

慕容駿的老婆沒什麼，只是會哭，而且慕容駿愛她。這就是叫男人跪洗衣板沒有怨言的訣竅。

**Q 美麗妖嬈的鳳帝大人跟她秘書群的八卦，是否有如外界傳聞的那麼八卦？**

其實沒有。說破不值一文錢。

鳳帝大人她……討厭宦官！

倒不是討厭宦官本身，而是對宮刑深痛惡絕。所以她禁止宮刑，准宦官離宮，選良家子弟入宮服役，注意，是服役。

當然會引起譁然，最後她乾脆選了一批世家子弟入宮服役，朝野當然不會主張將自家的千里駒給閹了。

後來成了定例，廢除了不人道的宮刑，太監從此絕跡，但是鳳帝她老人家因此名聲不怎麼好聽。

Q **請問盧宰相最後是五朝元老還是六朝元老？他的諡號和後世評價會怎麼寫呢？**

本來可以幹到六朝元老的，只是他老人家乞骸骨致休了。

他的諡號非常慎重，只有一個「文」字，可以說是文官中最高等級的待遇，讓無數同僚忌妒羨慕恨。

因為他服侍了五任君主，卻沒有在鳳帝即位時繼任（年紀真的太大了），罵女帝即位這種惡例的腐儒放過了他，對他挺尊敬的，稱為國之棟樑。

想想服侍了多少抽風皇帝，他也真是太不容易了。

Q **本書結束的時間點有些早，楚王的故事也還未出現，可以稍微提一下接下來的概要嗎？**

結束早是因為，我不想寫悲慘的後續。我對自己的角色都很溺愛，可能的話我不希望他們遭遇不幸，可是人生總沒有一帆風順，所以我不想提。

不然之後，鳳帝會連喪兩子（就算是庶子也是她教養大的），之後親手處置庶長子

（叛亂失敗，兩個弟弟的死是他主謀的），繼之喪夫，最後她得扛下整個大燕，甚至不得不將自己唯一的親生女立為皇太女，忍著看她當個靶子，朝不保夕、戰戰兢兢的過日子。

被物議，被謗毀。朝野都不了解為何有楚王，她卻寧可立自己的女兒當皇太女，私心太重，顛覆禮法。

我不想寫這些。

**Q 請問有沒有機會看到盧長史和猛人司馬約的愛情長跑故事？**

我已經提過一筆了，為了壽命著想謝絕一切加戲的可能。

**Q 慕容擎是豐帝與鳳帝一生中最特別的孩子，請問有機會看到慕容擎與帝后的互動嗎？（其實很想看楚王的故事）**

沒機會，免談。難道你們真的不想我多活兩年嗎？（扶牆）

## 《倦尋芳》&〈馴夫記〉

**Q** **倦尋芳的慕容馥為何具有「天啟」的天賦呢？是因為她也算是穿越嗎？還是前世孟婆湯沒喝乾淨？**

其實她算是失憶的另一種形態，並不是什麼天啟。只是高人能看出有古怪，卻不大清楚是怎樣的古怪，只能說是天啟。

她不太記得穿越前的前世生活，只有模糊的一點概念和人生觀。這是記憶最深刻的部分，最不容易被遺忘的。

**Q** **冷二小姐與楚王被鳳帝賜婚違背祖訓，冷二小姐有做什麼抵抗嗎？大合解後，他們的女兒還需要寫傳氏的血淚書嗎？**

冷二小姐只是面冷心靜，還是很機敏的人。違背組訓和做妾，用膝蓋想也知道怎麼選好嗎？違背祖訓可以說是權宜，將來還會有女兒可教養傳承傳氏嫡傳，做妾生女兒連喊她娘都不可能，想要親自教養？妾通買賣啊姊姊！

當然我們楚王是很好很好的啊。所以他們終是成為佳偶。

大和解和血淚書沒有關係的吧？絕命書是為了將一生感悟傳給下一任，會不會變成血淚書，完全要看她這生過得如何吧。

Q **請問「天子之劍」慕容擎真的舊傷復發死了嗎？好希望辛苦又心苦前半輩子的楚王只是隱姓埋名，跟冷小姐去過平凡夫妻的生活啊!!**

人生難免一死。然生有泰山之重，或輕如鴻毛。

楚王一直都是天子之劍，生前死後，都是如此，不負他大丈夫的名頭。

這一生，他與冷二小姐相重相知，於大燕是國之屏障，已經不僅僅是泰山了。

生為璀璨，死後輝煌。拜託不要褻瀆他是個逃兵，也不要褻瀆他在妻女心中蓋世英雄的形象。

# 《燕候君》

Q 請問蝶大，李玉的婚姻還好嗎？三兄妹中好像只有李玉跟他老婆有點狀況？

那算什麼事啊？嫂子忌妒受寵的小姑子，這是常態，只是大家不敢說出這種微妙的心情而已。

這有什麼？人之常情。

我們家李瑞是很通透的呀，這就是為什麼她不願常駐京城，也不往大哥身邊黏。其實有些小姑子就愛玩這套，跟親哥哥黏呼呼的，然後暗暗的把嫂子擠到一邊去。

小姑子還真的是外人，只有哥哥和嫂嫂倆才是內人。

李瑞看得很清楚，李玉也不是不知道。兄妹這種情分就是很感傷，感情不好還算是幸運，感情一但好了，那真的只有十幾二十年的緣分，成親後都會淡了。

這是為了彼此好。

**Q 這是一部男主很晚出現的書，想知道蝴蝶大人當初在書寫的時候就有計畫男主角的出現，還是原本是只想寫哀軍的故事？**

一起頭就有規劃男主角啊，而且就是阿史那。畢竟是要這樣的北方狼主，才配得上這般有理想有抱負的女主角，你說是吧？

至於哀軍吧，不如說是我個人的牢騷和感嘆。中外婦女史，真是幾千年的血淚啊。看多了真的是不忿。

與其自己白白氣死，不如寫個虛擬的故事聊以宣洩，如此而已。

**Q 請問之後會寫慕容掌櫃跟李璃的故事嗎？感覺慕容燦與慕容掌櫃婆媳間的互動應該也很精彩啊。**

慕容掌櫃和李璃？你不要以為這樣我就看不出來你想加戲，沒門兒。

婆媳互動有什麼好寫的，兩個都是克己復禮的人，眼光可沒擺在方寸之間的內宅，這對她們來說，格局小得太可憐了吧？

# 《官官相護》

**Q**

**三代女帝後，大燕還有女帝繼位嗎？**

女帝傳承了五代。

**Q**

**道姑元貳參所稱「移轉天運奪舍」的人數，是蝶大特別設定的，還是暴君指示？元貳參的名字，是否也有圓滿二十三人的意思？她有可能再出現嗎？**

道姑元貳參本來是我想寫個傳奇本子，常道長也設定好了，但實在太複雜就算了……（轉頭）

至於移天轉運奪舍的問題，是我很久以前對「穿越」的自問和自圓其說。對這類的事情，我總有累死自己不償命的強迫症，沒救了。

會不會寫元貳參……其實我不知道。所以我不承諾什麼哈。（獰笑）

Q

**想問謝子琯作為閩南侯狗頭軍師的那段趣事。**

或許會在別的小說邊邊角角提一點兒，但是專門書寫無可能。

Q

**請問顏家表姊和嬌嬌表弟結婚後，兩人各自的職業生涯（？）發展得如何呢？**

顏家表姊當了國家編譯館館長兼文化部長（？），嬌嬌在刑部升遷，最終經過考試吏轉官，成為大燕第一個女性刑部尚書。

Q

**文昭女皇知道新突厥的首長是李瑞嗎？**

一定知道的啊，還用說。李瑞是她的小姑子，而且新突厥掌整個西域，那是多大筆的貿易量啊。

若不是有這層親戚關係，也沒能這麼乾脆的結為兄弟之邦。

丹青書法都算小兒科了，
他原在京時就千金難求一墨。
他還雅好篆刻，
時下文人以擁有芙蓉公子印為榮。

除了文名在外，
他的武藝也足以免試
徵辟進羽林軍護皇上左右，
只是志不在此而已。

啾啾姐姐／繪

# 關於整個大燕的哩哩扣扣

**Q** 大燕朝至文昭帝為中興時期，那麼設定裡最終是何以亡國、國祚多少年？之後會回到歷史原本該有的朝代，還是繼續歧途，出現史書上沒有的朝代？有沒有可能寫一部關於這王朝最後一代的故事？

首先，我要慎重的說，我非常喜歡大燕朝，要不我也不會一再回顧添補。

但是，我只是個說書人，並不是個史官。我知道王朝終有覆亡之時，負責任的話我應該設定到終末，但是我不想負責任。

我連鳳帝將會遇到的一切痛苦都迴避不寫了，我更不可能去寫大燕衰敗乃至亡國的那一刻。

那樣我的心會很疼。

至於大燕之後會是誰，我不知道，也不想去窺看。那不是我的朝代，我不想知道。

Q 被傅淨穿越之前的「傅玉蓮」，身手究竟有多厲害，可以讓二十世紀的女博士生成為千步穿楊的燕子觀音呢？

傅玉蓮本來就是從小精心培養的宮人，你可以把她當成女暗衛，而且還是拔尖兒的。而她本人有個小小外掛，天生力氣大，就是那種力能扛鼎的大力士，又內外功兼修。

嗯，對於一個能夠逆天開創大燕朝的傅淨，我想這樣的外掛應該還合宜。

Q 元貳參道長的來歷很特別，與穿越大燕朝的人大多有連結，會不會額外寫一個關於她的遊記，順便透露威皇帝與凰王一點點事情？

以前有想過，但是……好累啊。我已經欠了太多稿債，不想折騰所剩無幾的腦漿。

Q 雖然網路上已經有讀者推薦閱讀大燕王朝的順序，但是我還是想問蝴蝶老師，從作者的角度來看，怎麼來看大燕朝比較有連貫性呢？

其實都行吧。你想看得很有順序，照著年代表看，想要看得很隨性，隨便抓一本看。理論上應該不會看不懂。

**Q 想詢問蝶大為什麼選擇以大燕作為歷史歧途呢？除了因為傅娘娘是研究慕容氏的女博士之外，還有其他理由嗎？例如看到某些故事或史料因此想寫？**

大哉問。

其實只是可憐慕容沖那倒楣孩子。長得漂亮不是他的錯，連姊姊一起被抓去當禁臠……當時他才十一歲啊拜託！

但這樣倒楣的人生，他還是當了威皇帝，可短短二十來歲就死了。

他做錯很多事，沒錯。但如果有個人稍微引導他，或許他能擺脫萬年小受的不幸形象，有一番作為。

畢竟他在什麼都沒有的情況下也開創了自己的事業。如果有人引導他，給他幫助，說不定他能提早結束混亂不堪的時代。

就是這一點無聊的悲憫，所以有了大燕朝。

Q

**嗯……很多想去刨威皇帝陵寢的，最後到底有沒有付諸行動的呢？**

嘴上說說而已，誰會去刨開國皇帝的墓啊！

Q

**請問在傅氏嫡傳中，除了傅淨還有其他穿越人士嗎？冷二小姐與楚王結婚大合解之後，還有繼續傅氏傳承嗎？**

穿越不是大白菜……好吧，在大燕朝不是，你想想上下幾百年，領土如此寬廣，當中有多少人，總共只有二十三個穿越者。

你覺得落在傅氏嫡傳中機率能有多少啊……（無力）

冷二小姐有兩個女兒，為什麼不能把傅氏傳承下去啊？（更無力）

**Q 請問蝶大，真的很想了解一個基於史實的架空小說，而且是一個國史十分短暫、時代背景絕對混雜的情況下，是如何去蒐集閱讀史料與構思呢？**

這個問題我不知道怎麼回答，因為我沒有基於史實去架空啊。我只是一點不忿，然後查著威皇帝的一點史實（真的只有幾行字）然後哭哭完就想開稿了。

傅淨就是這麼出來的，然後磨了好幾天，根本沒辦法落筆。太慘了啊我不想寫威皇帝和傅娘娘。

最後就繞著邊角去寫，大燕朝基本架構在那兒，然後拉著威皇帝開國時間與唐朝的差距去翻資料，抓個大概。

其實如果我夠嚴謹，應該抱著再看個一年半載先搞清楚再說，但是能模糊焦點到這地步，就是因為原始設定的傅淨是個穿越者，有什麼不對勁的都能推到她頭上。

但這不是不嚴謹而已，還是糊塗啊。

好在我只是個說書人，並不是史家，所以可以這樣幹。如果真的想嚴謹基於史實寫架空，呃，我只能說我真的才疏學淺。

（真的好淺，沒念過大學啊喂。）

**Q 請問蝶大，如果未來有時間跟體力，會想要寫傅淨跟慕容沖的故事嗎？**

不想。註定悲劇的故事，有什麼好寫的？人生已經夠苦的了，還趕著上去吃黃連？我是有病，但不是病在這種地方。

**Q 蝶大最喜歡的傅氏後人是哪一個？大燕系列中最喜歡的小倆口又是哪一對呢？**

當然是芷荇和三郎啊。當初我寫三郎的時候，都不知道哭了幾缸眼淚。邊寫邊哭啊。

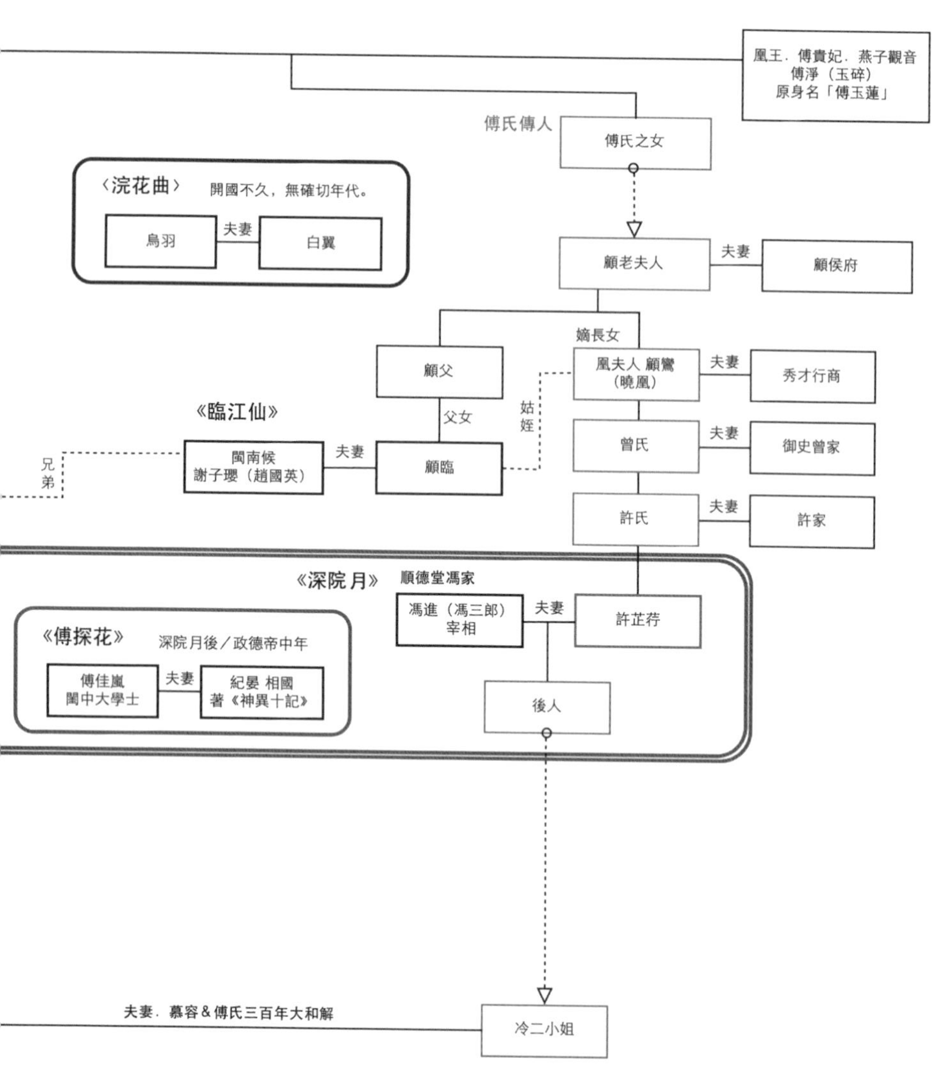
凰王．傅貴妃．燕子觀音
傅淨（玉碎）
原身名「傅玉蓮」
傅氏傳人
傅氏之女
〈浣花曲〉
開國不久，無確切年代。
烏羽
夫妻
白翼
顧老夫人
夫妻
顧侯府
嫡長女
顧父
凰夫人 顧鸞
（曉凰）
夫妻
秀才行商
《臨江仙》
父女
姑
姪
兄
弟
閩南候
謝子瓔（趙國英）
夫妻
顧臨
曾氏
夫妻
御史曾家
許氏
夫妻
許家
《深院月》
順德堂馮家
馮進（馮三郎）
宰相
夫妻
許芷苻
《傅探花》
深院月後／政德帝中年
傅佳胤
閩中大學士
夫妻
紀晏 相國
著《神異十記》
後人
夫妻．慕容＆傅氏三百年大和解
冷二小姐

# 大燕朝人物關係圖

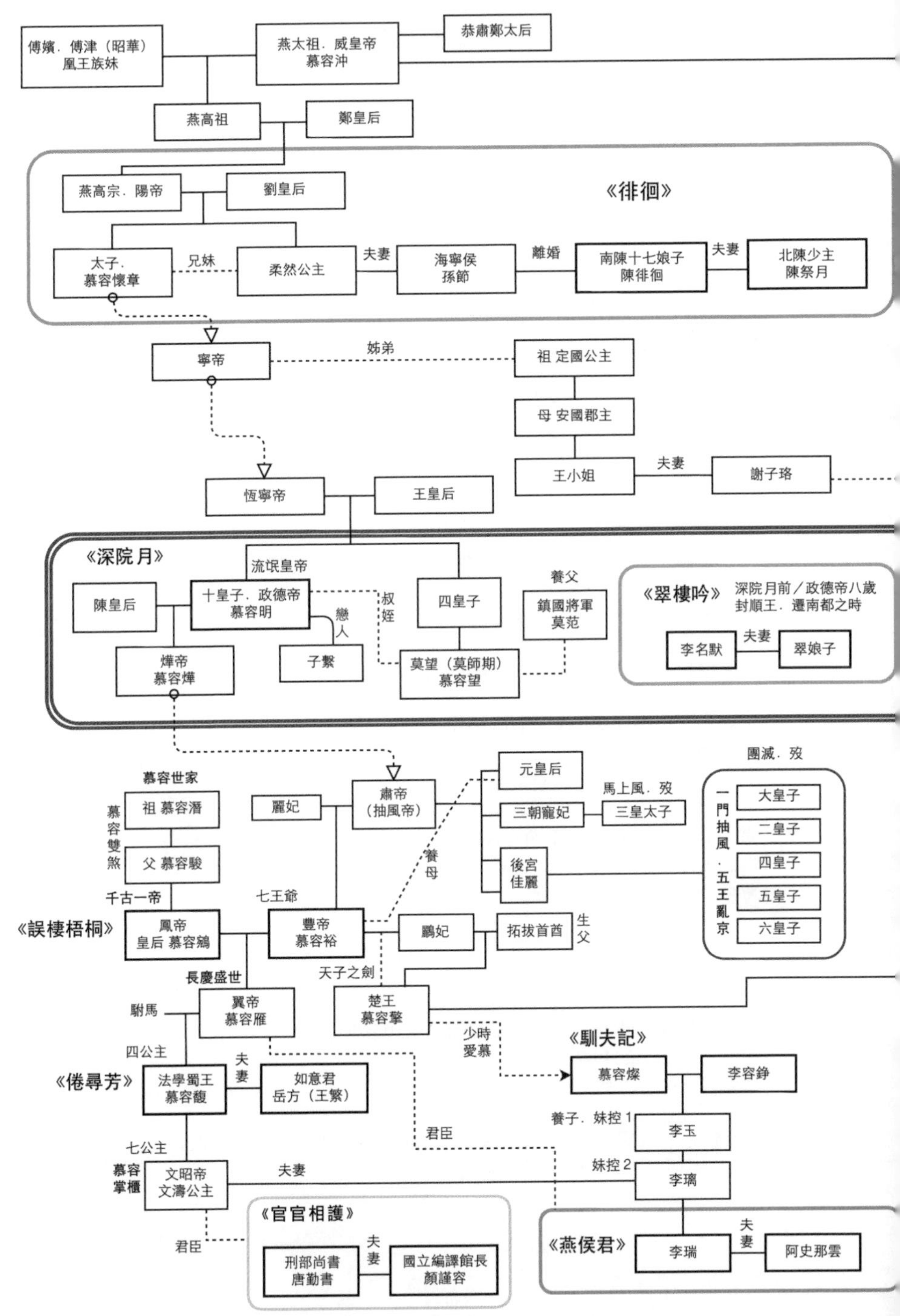

傅嬪．傅津（昭華）
凰王族妹
燕太祖．威皇帝
慕容沖
恭肅鄭太后
燕高祖
鄭皇后
燕高宗．陽帝
劉皇后
《徘徊》
太子．
慕容懷章
兄妹
柔然公主
夫妻
海寧侯
孫節
離婚
南陳十七娘子
陳徘徊
夫妻
北陳少主
陳祭月
寧帝
姊弟
祖 定國公主
母 安國郡主
王小姐
夫妻
謝子珞
恆寧帝
王皇后
《深院月》
流氓皇帝
陳皇后
十皇子．政德帝
慕容明
戀人
子繫
叔姪
四皇子
養父
鎮國將軍
莫范
莫望（莫師期）
慕容望
燁帝
慕容燁
《翠樓吟》
深院月前／政德帝八歲
封順王．遷南都之時
李名默
夫妻
翠娘子
慕容世家
祖 慕容灊
父 慕容駿
慕容雙煞
千古一帝
《誤棲梧桐》
鳳帝
皇后 慕容鴒
七王爺
豐帝
慕容裕
麗妃
肅帝
（抽風帝）
養母
元皇后
三朝寵妃
馬上風．歿
三皇太子
後宮
佳麗
團滅．歿
一門抽風．五王亂京
大皇子
二皇子
四皇子
五皇子
六皇子
鸝妃
拓拔首酋
生父
天子之劍
長慶盛世
翼帝
慕容雁
駙馬
楚王
慕容擎
少時愛慕
《馴夫記》
慕容燦
李容錚
四公主
《倦尋芳》
法學蜀王
慕容馥
夫妻
如意君
岳方（王繁）
君臣
養子．妹控 1
李玉
七公主
慕容掌櫃
文昭帝
文濤公主
夫妻
妹控 2
李璃
《官官相護》
夫妻
刑部尚書
唐勤書
國立編譯館長
顏謹容
君臣
《燕侯君》
李瑞
夫妻
阿史那雲

國家圖書館出版品預行編目資料

翠樓吟 / 蝴蝶Seba著.
-- 初版. -- 新北市 : 雅書堂文化, 2016.02
面； 公分. -- (蝴蝶館 ; 71)
ISBN 978-986-302-295-4(平裝)

857.7 104028931

蝴蝶館 71

# 翠樓吟

作　　者／蝴　蝶
發 行 人／詹慶和
總 編 輯／蔡麗玲
執行編輯／蔡毓玲
編　　輯／劉蕙寧・黃璟安・陳姿伶・白宜平・李佳穎
封面繪圖／五十本宛
內頁繪圖／啾啾姐姐
執行美編／陳麗娜
美術編輯／周盈汝・翟秀美・韓欣恬

---

出版者／雅書堂文化事業有限公司
郵政劃撥帳號／18225950
戶名／雅書堂文化事業有限公司
地址／新北市板橋區板新路206號3樓
電子信箱／elegant.books@msa.hinet.net
電話／（02）8952-4078
傳真／（02）8952-4084

---

2016年02月初版一刷　定價240元

---

總經銷／朝日文化事業有限公司
進退貨地址／新北市中和區橋安街15巷1號7樓
電話／（02）2249-7714
傳真／（02）2249-8715

Seba · 蝴蝶

Seba・蝴蝶